劉姿君 譯

MORIMI TOMIHIKO

森見登美彥

夜は短し歩けよ乙女

春宵苦短，少女前進吧！

給台灣讀者的話

大家好，我是森見登美彥。

直到數年前，我從沒想過自己的作品能夠引介至海外。當時我窩居京都一角某間狹小的宿舍，也不管讀者在哪兒，就這麼舉棋不定磨磨蹭蹭寫下故事。

我筆下的故事，不管是詭異的，還是歡樂明快的，都是出自一介窩在宿舍裡、遊手好閒的重考生口中。他滔滔不絕說著奇妙難解的「恐怖故事」。故事舞台幾乎不出京都。而這些以狹小世界爲舞台的「恐怖故事」，在日本到底會有多少讀者喜歡，從前我也一度懷疑過。

我有懼高症，不敢搭飛機，坐船更是光想到就意興闌珊，幾乎可說從未出過國。所以對我而言，貴國是個遙遠的國度，然而，我寫下的「恐怖故事」竟代替我遠渡重洋了。

此刻，我這個不敢出國、跟不上時代的男子，就這樣思索著大海對岸的事，想想眞是不可思議啊。不知在大海的彼端，到底會有多少讀者喜歡我的「恐怖故事」？對此我既擔心，又滿懷期待。

CONTENTS

推薦序

魔幻浪漫京都夜，古拙搞笑戀愛劇
——關於《春宵苦短，少女前進吧！》

／臥斧

鏘鏘鏘，噹——

諸位看官，請別誤會——那邊兒那位站起來打算離場的客倌，請先坐下，您沒跑錯地方——今兒個這場子不為唱曲兒，而是聊齣好戲；只不過，要聊這節目，總覺得沒幾聲簡單的鑼鼓點子幫襯開場，似乎就缺了點兒什麼味道，小小放肆，請諸位海涵見諒。

嗯咳。

是囉，雖說咱們齊聚於此，為的是打算在今兒個的主秀節目開場前，由在下先提個話頭兒，介紹一下節目內容；但沒人規定這個介紹一定得要正襟危坐一板一眼啊！再說，這個由一九七九年出生、京都大學畢業的年輕創作者森見登美彥帶來的節目，本來就不是個規規矩矩、正經八百的戲碼呀。

今天的節目，叫《春宵苦短，少女前進吧！》。

嘿，剛聽完這個題目，坐在那個角落的客倌便露出了意味深長的微笑，想必是因爲聽到「春宵」與「少女」二字，便自動產生了某種櫻花瓣一般粉嫩羞怯的遐想之故？本節目分成四個段落，第一個段落與節目同名，發生在「新綠鼎盛之期已過」、五月底的某夜，春宵已晚、夏夜將近，賞櫻時節已經過了，正是暑氣尚未滲入、寒意已全散去的某個良宵。

在這樣的夜裡，節目當中的「他」正想方設法地，要和「她」來個不期而遇。

唉呀，前排的這位客倌請先別露出「這款節目開場居然無創意到此等地步」的表情；要知道永遠有人愛用的老梗自有其愈陳愈香的奇異魅力，倘若用得巧妙，就會自然地勾引出觀眾們心底深埋已久、自個兒都不一定清楚記得的回憶：或許是年輕時候某回精心設計卻執行得跌跌撞撞的邂逅計畫，或許是發覺不久之前某次所謂意外驚喜背後可能的潛藏情節。

況且，這還是個京都的夜呢。

不知諸位客倌可曾於京都街頭漫步？這一刻還在時髦男女駐足品評的高檔商店，轉個彎卻見到彷彿古畫當中的樸素民家，剛剛行過年輕男女談笑喧譁的流行鬧街，下一眼卻望見僻靜古剎不受塵擾地座落道旁；日頭漸西，恍如科幻電影場景的京都車站亮起太空基地似的燈光，身著傳統服飾的藝妓在西方歌舞劇海報燈箱下方輕移款款蓮步，朝向如火箭般高聳向天的京都塔走去，矗在夜中巨大的西本願寺就在左近沉默地佇立——在如此這般的現代古城夜裡舉步前行，若是遇上身披浴衣自稱天狗的男子、鯨飲佳釀自稱酒豪的美女，或者在巷中見著閃著奇異燈飾的龐大三層電車安靜滑行、抬頭望見無數小小圓圓的可愛蘋果從天而降，恐怕都會毫無理由地認爲「這是理所當然的」吧？

於是，節目就在這樣的氛圍當中開始了。

從夜色中閃著誘惑光華的酒肆之街，到酷暑裡書頁齊聲擾嚷的古書賣場，從讓男人心猿意馬、紛紛爆出各種意圖分明但意義不明言行的深秋狂亂學園祭，到蕭索寒冷、人人都因感冒之神大駕蒞臨京城而只得蜷在蝸居之處的嚴冬萬年鋪蓋，黑色短髮、毫無心機的慧黠少女無畏地大步前行，遭遇各式奇妙角色、串起各幕意外情節，而一心仰慕少女卻無緣成爲故事主角的男子則踉踉蹌蹌地在身後追逐，承受著莫名其妙出現的境遇、考驗愛意的眞僞。每每在已無前路之處，出現柳暗花明的轉折，屢屢在心灰意冷之時，發現伊人正與自己四目交投。

「眞是奇遇啊。」「只是碰巧路過而已。」

哈啊！無趣現實當中或許不見得有如此方便之事，但京都夜色當中，一切物事都巧合得如此理直氣壯；客倌哪，當故事的幕一拉開，這一切就不由得您不信。傳說中的美酒「僞電氣白蘭」、童年時的圖畫書《拉達達達姆》、發下宏願的「內褲大頭目」及移動話劇《乖僻王》、夢幻靈藥「潤肺露」及口訣心法簡單得令人發噱的飛行術……這些角色元素，都會在本劇當中依次出場，步調舒服悠緩但情節扣接緊湊，用字古拙優雅但語意幽默搞笑……呃？

好的，這位客倌，請放下手，在下明白您的意思。

雖非主秀，但談起這齣趣味劇碼，在下就不免把持不住、多嘴饒舌；春宵苦短，在下不再贅敘，諸位客倌，請就翻過頁去，大膽前進吧！

本文作者簡介

臥斧，文字工作者。除了閉嘴之外，臥斧沒有更妥適的方式可以自我介紹。

推薦序

他是日劇界的宮藤官九郎！

／小葉日本台

余謹以赤誠，真心祝福緋鯉女孩與痴情宅男在鴨川中心上演的純愛物語，恪遵「人要知恥，然後去死」的義理人情，秉持「學園祭乃青春跳樓流血大賤賣」的熱血青春，以閨房調查團爲己任，置極辣奪魂鍋於度外，讓「僞電氣白蘭」酒灑人間，讓「朋友拳」普照大地，神明的方便主義萬歲！森見登美彥萬歲！

捨不得看完的奇書極品，爽快痛快的文字享受，看似唬爛瞎掰，卻蘊涵深厚的文學素養，滿滿的浩然正氣；無厘頭式的情節安排，帶出的竟是巧思設計的玄妙布局；這款難以歸類的校園純愛青春亂鬥奇幻群像劇，不僅含有豐富的kuso搞笑成分，亦能散發濃郁芬芳的淚與感動，如此創意太價值連城了，這等功力也絕非一般地球人所能及。

森見登美彥，傳說中與萬城目學並稱「京大雙璧」，久聞不如一見，拜讀本書，果然眼界大開，目瞪口呆，能想出的最高規格讚譽，嗯，就好比是日劇界的宮藤官九郎！這個名字一定要牢牢記住，日後必當謙恭追隨，點香膜拜；人中之人，天馬行空；人生海海，熱情燃燒；春宵苦短，少女前進吧！

本文作者簡介

小葉日本台，日劇達人。日本推理小說迷。

總導讀

不正經天才的狂想世界

／張東君

在進入二十一世紀以後，有兩位爆紅的超級新星席捲日本文壇，並且一掃世人對於「數理京大、文史東大」的刻板印象。他們的作品雅俗共賞、幽默有趣卻又富有內涵；既引人入勝又寓教於樂。他們就是分別以《鹿男》和《有頂天家族》橫掃書店暢銷書排行，被稱為「京大雙璧」的萬城目學與森見登美彥。

在日本的購書網站上買書的時候，只要買京大二寶其中一人的書，網站一定會推薦另一個人的作品給讀者，因為他們的風格筆法有不少共通之處。他們都有縱橫無盡的想像力、構築出詼諧風趣的人物；但是相較於萬城目學是以日本歷史為主軸，架構出離奇詭異引人入勝的獨特世界，森見登美彥卻走京都路線，在四疊半的空間中編織光怪陸離荒誕不經的宅男狂想。兩人幾乎同時出道，也結為莫逆；森見會在部落格上提萬城目的近況道他長短、萬城目也把森見出拳打他的一幕藏在作品《萬步計》的封面上跟讀者分享，完全就是哥倆好，一對寶。不過我們的主題是森見登美彥，這裡就先不提萬城目學了。

森見登美彥出生於一九七九年，他的筆名登美彥是源自與他故鄉奈良縣生駒市有深厚淵源的日本神話人物登美長髓彥，森見是他的本姓。他畢業於京都大學農學部生物機能科學學科應用生命科學學程、也念了個農學研究科碩士，目前邊在圖書館任職邊從事寫作，至今已出版九本著作。他在二〇〇三年以《太陽之塔》獲得第十五屆日本奇幻小說大獎、出道。到了二〇〇七年，他以《春宵苦短，少女前進吧！》獲得二〇〇七年日本書店大獎第二名、第二十屆山本周五郎獎，並成爲第一三七屆直木獎候選作品。二〇〇八年又以《有頂天家族》獲得二〇〇八年日本書店大獎第三名。從這些得獎紀錄，我們會發現他在短短四年中就成爲非常成功的暢銷作家，而且雅俗共賞，不論是由文壇大老主導的獎，或是由書店店員公投的獎，森見都是榜上常客。一個內向害羞到近乎自閉的孤僻男生，究竟是怎麼搖身一變成爲文壇奇葩，達到這個讓其他作家妒羨交加的境界呢？

他一鳴驚人，出道作品《太陽之塔》就獲得日本奇幻小說獎。在這本書中，森見登美彥以九成九的眞實與一分的虛構，寫出京大宅男的日常生活及腦袋中的胡思亂想。這本書居然被當成「奇幻」，只能說日本人實在是不瞭解京大生，不知道京大生其實並不是只會思考艱深的學問。不過這也表示日本文壇承認了這種奇幻小說的新領域，並把森見登美彥的寫作風格定位成「魔幻寫實主義」（Magic Realism）。

根據我的認知，相對於「科幻小說」指「具有可能性的文學」（在科學上也許將來有一天會實現），「奇幻小說」是指「不具可能性的文學」（將來人類也不可能做到的事，例如魔法、想像上的生物），而大部分的童話及兒童文學則是把讀者年齡層設定得比較低的奇幻小說。奇幻小說基本上可分成以異世界爲舞台背景的「High Fantasy」，及以現實世界爲背景的「Low Fantasy」。前者是完全虛構的世界（例如《魔戒》），可再細分成敘事詩型、英雄型、神話傳說型、虛構歷史型；後者則是有魔法或妖精等異質事物夾雜在現實生活中的故事（例如《哈利波特》），有生活魔法型、傳奇小說型等。在森見得獎之前，日本的奇幻小說以輕小說、兒童文學、漫畫爲主，其他的大多屬於虛構歷史。例如第一屆日本奇幻小說獎（1989）得主酒見賢一的《後宮小說》是以虛實交錯的中國歷史爲主軸，《在陋巷》是以顏回爲主角；第十一屆得主宇月原晴明則以織田信長爲主角寫日本歷史奇幻。其他歷屆得主多半是寫英雄型的奇幻小說，知名的博物學家兼收藏評論家荒俣宏則寫過《帝都物語》及以鄭芝龍與鄭成功爲主角的《海霸王》等。直到現在，森見作品仍舊維持一貫的關鍵字：「京都」、「四疊半」、「妄想」，既寫實也幻想，偶爾加上一點日本神怪和動物。

他的文風走明治末期到昭和初期路線，有點江戶川亂步筆法，能夠降低讀者對古文的畏懼；而另一方面，他替文學作的新解，也能誘使讀者重拾古籍，對「文學復興」有不小的幫助。

從出道到現在大概六年，除了一本與其他六位作家共同出版的短篇集《Sweet Blue Age》（森見在這本裡放的是《春宵苦短，少女前進吧！》的第一章）之外，森見一共出版了九本書。他把每本書都稱爲自己的小孩，既照著出版順序算排行，還分了男生女生，依序分別是《太陽之塔》、《四疊半神話大系》、《狐狸的故事》、《春宵苦短，少女前進吧！》（長女）、《跑呀，梅洛斯（新解）》、《有頂天家族》、《美女與竹林》、《戀文的技術》、《宵山萬花筒》。他對他們的長相（封面）、身高體重（頁數）如數家珍，完全是一個傻爸爸的模樣。通常爸爸最疼第一個女兒，森見的長女也沒讓他失望，不但與大哥二哥並駕齊驅也出版了文庫本，還多了漫畫版，甚至連舞台劇都有啦！這總算讓他在作品已經被改編成電視劇、電影、舞台劇的萬城目學前面爭了點面子回來。

森見的作品大致分成兩類：京大生與周遭的人事物，以及京都神怪動物的酸甜苦辣。但即便是在這兩類作品中，也有不少場景與道具是共通的，縱橫無礙地穿梭在京都的古往今來、虛幻與現實之中。從字裡行間，我們會發現森見的「基地」是個二•二五坪（四疊半）大的房間、他酷愛有極佳酒量的黑髮少女、擁有一隻觸感很好的麻糬熊，而且有個一定會被誤認爲蘋果的紅色不倒翁！現在我就先對森見家的孩子做個簡單的介紹。

《太陽之塔》和《四疊半神話大系》都是京大宅男的妄想日記，前者描寫的是延畢的大五生的自虐生活；後者的主角則是大三生，四篇故事分別檢討他在參加四個不同社團時的大學一、二年級日常生活。《狐狸的故事》則是以京都的骨董店爲背景，讀後會讓人對骨董文物又愛又怕的怪奇小說集。《春宵苦短，少女前進吧！》的本質是本詼諧的單戀手記，讀者隨著愛在心裡口難開的不中用學長跑遍京都，奔走在夜晚的先斗町、下鴨神社的古書市、吉田神社、百萬遍、哲學之道只期望學妹能看到自己，跟自己說說話。種種場面讓人忍不住發出會心微笑。

在《跑呀，梅洛斯（新解）》中，森見以另類的詮釋重寫了〈山月記〉、〈百物語〉、〈跑呀，梅洛斯〉等五篇知名的故事，既精闢地說出京大生對友情的看法，也很能吸引讀者找原書來看、作深度閱讀。《有頂天家族》是筆者的最愛，以從平安時代起就住在下鴨神社糺之森裡的貍貓一族爲主角，闡述京都的和平原來是由人、天狗、貍貓「三足鼎立」所維持而成；以變身聞名的貍貓最怕的是慘遭人類煮成狸貓鍋；因酒沉淪的天狗落魄潦倒之後會有何種下場等等。森見以他令人歎服的想像力創造出多樣化的角色，讓他們特立獨行各自表述，引領讀者進入京都的另類空間。二〇〇九年七月最新作品《宵山萬花筒》則是以日本三大祭典之一、京都著名的祇園祭前夜爲背景的連作中篇奇幻小說集。這部作品維持森見的一貫手法，以京都爲背景，妖異與現實混雜，虛中有實、亂中有序；怪學生與一般人被發生在周遭的各種怪事怪相給兜得團團轉，祇園祭就像是一個平行的異空間，獨立於京都與日本之外，但發生在此時此刻的人與事，一律是「如有雷同，純屬巧合」……

而《美女與竹林》是森見至今唯一的隨筆集，他以虛實交錯的筆法，寫下他對竹林的看法、開發出來的竹子利用方式（包括要放養貓熊）、如《竹取物語》描述般的在竹子裡尋找妻子等等。事實上，森見於他三十歲生日當天在他部落格上自爆結婚消息時，也是用這本書裡的手法來宣布的。而《戀文的技術》終於讓主角走出京都，到能登半島上一個鳥不生蛋的臨海實驗所去研究水母。由於那裡實在太偏僻到無事可做，主角就以「文通武者修行（筆友勇者修行）」爲由，不停地寫信給住在京都的親朋好友，替朋友的戀情出出餿主意，或是擺出哥哥的架子對妹妹說教。而從這些單方面的去信，我們仍舊看得出京大生的無聊與孤寂，以及死鴨子嘴硬絕不示弱的身段與驕傲。這本書也被期待能重新帶動日本的寫信風氣，我猜在不久的將來，日本的郵局就會找上森見登美彥，在鼓勵日本人寫信的七月二十三日「文月文日」活動上當代言人呢。

森見之所以會受歡迎，並不是因爲他的高學歷，日本文壇多的是由舊帝大畢業的作家。他的受歡迎是因爲他把京大生的窮極無聊、插科打諢、裝瘋賣傻、孤高無奈全都攤出來，讓社會大眾發現京大生的眞面目原來是完全的生活白癡，而不需要看見京大招牌就深覺惶恐鞠躬致意，乃至有種恍然大悟海闊天空的領悟。另一方面，京大生會替森見廣爲宣傳他的書，則是因爲在森見和世人分享了京大生的宅與怪之後，老老少少的各屆京大生活得更自在了。因爲森見的書賣得愈好，就愈多人理解京大生的不跟人打交道並非出於傲氣，只是由於不知所措；搶人話頭並不是不懂禮貌，純是完全健忘。而最好的，是讓世人知道京大生不是只會讀教科書而已，他們的腦袋是很靈活、充滿想像力的，只是不善於當面對人表達而已。森見筆下的主角，是眾多京大生的化身；森見本人，是京大生的代言者；森見的小說，則是行銷京都的旅遊導覽書。

要瞭解京都的歷史地理人文風俗，只看旅遊書是不夠的，當下流行的，是讀森見登美彥呢！

本文作者簡介：

張東君，台大動物系所畢業，日本京都大學理學研究科博士候選人。著譯作有科普類、推理評論類，近六十本，已有兩本被譯成韓文。

Chapter 01
春宵苦短，少女前進吧！

這不是我的故事，是她的故事。

在演員滿天下的世界裡，每個人都爲了當上主角而費盡心機，但她卻在無意間成爲那一夜的主角。對此，她本人毫不知情。恐怕至今仍未知情。

這是她昂首闊步於酒精之夜的遊記，同時也是終究無法登上主角寶座、只能屈居爲路旁石塊的我的苦澀紀錄。而讀者諸賢或可熟讀玩味她的可愛與我的蠢相，從中盡情品味與杏仁豆腐滋味相彷彿的人生妙味。

還請惠予聲援。

您可知「朋友拳」？

每當發生一種必要情況，令人不得不以鐵拳問候身邊之人的臉頰時，人會握緊拳頭。請仔細看這拳頭。拇指自外圍將拳頭包起，其作用等同於扣緊另外四根手指的鐵箍。正是這拇指使鐵拳之所以爲「鐵拳」，可將對方的臉頰與自尊粉碎得體無完膚。一「暴」還一「暴」乃歷史教訓告訴我們的必然眞理，以拇指爲基礎所衍生的憎惡如燎原之火向世界擴散，於接踵而至的混亂與悲慘中，我們終將把那應守護的美好事物毫無保留地沖進馬桶。

然而，若將這拳頭鬆開，讓其餘四根手指包住拇指，再次握拳。這麼一來，如男人般筋骨突起的拳頭將搖身一變，顯得缺乏自信，宛如招財貓的手萬分惹人憐愛。如此拳頭突梯滑稽，豈能貫注滿腔忿恨？因而可防範連鎖暴力於未然，爲世界帶來和諧，令我們得以保有僅存之美好事物。

「將拇指偷偷藏在手心裡，想握緊也握不緊。這悄悄內藏的拇指，就是愛。」

她是這麼說的。

小時候，她的姊姊將此朋友拳傳授給她。姊姊是這麼說的：

「仔細聽好，女人不能毫無節制地揮舞鐵拳。但天下如此之大，聖人君子卻寥寥可數，剩下的不是敗類就是豬頭，不然就是敗類兼豬頭。所以，有時候必須不得已揮起不願揮之鐵拳。這時候，就用我教妳的朋友拳。握緊的拳頭裡沒有愛，但朋友拳有。運用充滿愛的朋友拳，優雅地立身處世，才能開啓美麗和諧的人生。」

美麗和諧的人生，這幾個字深深打動了她的心。

因此，她身懷「朋友拳」絕技。

那是新綠鼎盛之期已過的五月底。

大學社團的OB赤川學長結婚，邀請至親好友舉行婚宴。我幾乎沒和他說過話，但他姑且算是我的師父輩，我還是出席了。社團裡也有幾個人參加，她也是其中之一，據說是因爲赤川學長在另一個系統裡也算是她的師父。

自四条木屋町的十字路口沿高瀨川而下的黑暗街道中，有一座木造三層樓、風格復古的西餐廳，向高瀨川畔的樹木投以溫暖的光。

這光景本就十足溫馨，但裡面更加溫暖，毋寧說是熱。

發誓白頭偕老的新郎新娘眞可說是天作之合，新郎橫抱新娘接吻供眾人拍照亦怡然自得的大無畏甜蜜火熱，瞬間將與會者燒成焦炭。

新郎是在烏丸御池的分行上班的銀行員，新娘則是伏見某家釀酒公司的研究員。兩人均是不以雙親之意爲意的豪傑，據說雙方父母尚未見過面。兩人初識是在大學一年級，幾經波折、翻山越嶺上天下地云云，成就今日令人不忍卒睹之德性云云。

這場面本就令人意興闌珊，再加上又不認識新郎新娘，會覺得有趣的人才變態。我靠著吃盤上的料理，以及欣賞坐在餐桌一角的她來打發時間。

她的表情興致勃勃，凝視著大盤上一隅的一只小巧蝸牛殼。雖不知她自蝸牛殘骸中發現了什麼樂趣，但至少望著她的我很愉快。

她是社團的學妹，我對她可說是一見鍾情，只可惜至今尚未有機會與她親近交談。本以爲今晚是大好機會，但由於坐到她身旁的策略失敗，我的如意算盤眼看著就要泡湯了。

這時，主持人忽然站起來。

「接下來，新郎赤川康夫先生與新娘東堂奈緒子小姐，要爲大家致辭。兩位請。」

我這才知道，原來新娘叫東堂奈緒子啊。

西餐廳裡的喜宴結束，與會者紛紛來到馬路上。

在一團和氣地朝第二攤流動的人群中，我以銳利的鷹目雕眼四處搜尋，看看繫起她與我的紅線是否掉落在路上。

然而，看見她向其他人行了一禮單獨離去，我大失所望。看來她要踏上歸途了。既然如此，傻傻地到第二攤便毫無意義。我從流向第二攤的人群中溜出來，追上先行離去的她。「何必這麼早就回去？這位小姐，今宵何妨與我共飲」之類的台詞，我說不出口。雖然想不出什麼好說辭，總之先走再說。

四条木屋町，阪急河原町車站的地下道出口旁，有個彈吉他的年輕人與爲之陶醉的觀眾；抓住路過女子死纏不放的眾黑西裝男子四處走動，無數臉色泛紅的男女老少爲尋找下一個歇腳處熱鬧來去。

原以爲她會轉往四条大橋，卻看到她略微猶豫，朝北走去。高瀨川畔遍植樹木，蒼鬱黑暗，樹林裡的咖啡老店「繆斯」透出橙色的光。她在「繆斯」前悄悄堅定決心一般，秀出酷似雙足步行機器人的腳步，一挺胸，轉進小巷。

於是我跟丟了。

眼前淨是住商混合大樓林立的可疑小巷，以及散發出桃色燈光的店，遍尋不見她的身影。桃色酒店的男子一直向我招攬生意，我只好從小巷撤退。看似抓在手中的好機會，轉眼間煙消雲散。

如此這般，我速速自舞台退場，而她開始踏上夜的旅程。

接著，便由她來爲各位敘述。

這是我第一次在夜裡走在木屋町至先斗町一帶發生的故事。

事情的起因是在木屋町西餐廳裡舉行的婚宴，倒在盤中一隅的蝸牛殼。我目不轉睛地盯著那個旋看時，突然極度「想喝酒」。遺憾的是，這無可扼制的欲望與蝸牛之間的因果關係至今仍未解開。

但是當晚身邊都是學長姊，我不能盡情喝酒。萬一在這可喜可賀的婚宴上出醜丟了師父的臉，怎麼道歉都無濟於事。我忍耐著不喝酒，但終於忍不住，決定缺席第二攤。

當晚，我想獨闖充滿誘惑的成人世界。也就是說，我希望能不在意學長姊，愛怎麼喝就怎麼喝。

路過四条木屋町一帶，熱中夜遊的善男信女摩肩擦踵，往來如織。那成人的氣氛是多麼迷人！這一帶的「酒」、目不暇給的成人世界，想必正在等待著我。一定是的。我懷著興奮又期待的心情，在咖啡老店「繆斯」前踩下雙足步行機器人的步伐。

我選了木屋町一家叫做「月球漫步」的酒吧，這家店是朋友介紹的。聽說店裡的雞尾酒一律三百圓，對我這種荷包不牢靠的人而言，這樣一家店眞是神明的恩賜。

我熱愛蘭姆酒，巴不得太平洋的海水都是蘭姆酒。

拿起一整瓶蘭姆酒，像早上喝牛奶般手扠著腰一口氣喝光也不錯，但將這小小夢想收藏在內心的珠寶盒裡，就叫做「含蓄」。我猜想，所謂美麗和諧的人生，少了這不做作的含蓄便無法成立。

所以如果要喝，我喜愛雞尾酒。喝上一杯杯雞尾酒，就像選出一顆顆寶石，感覺極其奢華。阿卡波卡，自由古巴，椰林風光，當然，不是以蘭姆爲基酒的雞尾酒我也深感興趣，熱烈地一一與這些雞尾酒訂下喝與被喝的約定。順道一提，不僅是雞尾酒，凡是堪稱爲「酒」的東西，今後我都想積極接觸。

如此這般，我在「月球漫步」自在地品嚐美酒，沒想到吧檯一角的一位陌生中年男子突然對我說：

「小姐，妳心裡是不是有煩惱啊？有吧。」

一時之間我不知如何回答。因爲我並沒有煩惱。

看我沉默不語，這位先生便說「有煩惱就和Me說吧」。我好佩服，覺得他說話的方式眞有趣俏皮。

這個人叫做東堂先生，身材瘦瘦的，一副弱不禁風的樣子，長長的臉上長出鬍碴，就好像小黃瓜尾端灑上鐵沙。他一靠近就有一股刺鼻的香味，大概是古龍水的味道吧。緊接著東堂先生本身散發的野性體味也撲鼻而來，與古龍水鮮明的香味混在一起，醞釀出有如噩夢般的深度。我在想，莫非這富有層次的深奧味道就是「成熟男子的香味」嗎？眼前的人，難不成就是街頭巷尾常聽人提起的「魅力熟男」

嗎？

東堂先生像被揉成一團的白報紙般笑了。

「我請妳喝點東西吧。」

「不了，那怎麼好意思。」

「不用客氣。」

我再三謙辭，但若堅拒東堂先生的美意反而失禮。再說，在這資本主義社會中，沒有比免費更便宜的東西了。

東堂先生興致勃勃地看我喝酒。可是看我不如去看電鍋還更快樂充實吧。我不過是個比電鍋更無趣的呆頭鵝。莫非，是我臉上沾了什麼可笑的東西？我偷偷擦擦臉。

「妳一個人嗎？沒和朋友一起來？」

「我一個人。」我回答。

東堂先生說他做的是賣錦鯉的生意。
「泡沫經濟時代簡直就像整束的鈔票在水裡游。」
說完，東堂先生望向遠方。
「但是現在回想起來，眞是太愚蠢了。」
吧檯後是色彩繽紛的各式酒瓶，只見東堂先生注視著酒瓶與酒瓶間的空隙。也許是在回想閃閃發光的錦鯉自養殖池裡一一躍身變爲整束鈔票的光榮過去吧。他小口小口地啜飲威士忌。
從中書島搭京阪電車宇治線，沿線有個地方叫六地藏，那裡有一座他以重金打造的東堂錦鯉中心。泡沫經濟的瘋狂鬧劇正式落幕後，一波波經濟榮景與蕭條的浪潮，東堂先生都與錦鯉攜手共進，勇敢度過，但到了今年，厄運卻接連上門。受到大規模錦鯉竊盜集團的威脅，用來整修設備的資金遭竊；心愛的鯉魚得了奇怪的傳染病，一隻隻吹氣似地漲起來，活像圓滾滾的外太空生物。
「怎麼回事呢？怎麼會接二連三遭逢厄運？」
「還不是這樣就完了喔。本以爲再慘也不過如此，結果『那個』來了。因爲『那個』，我的生意眞的做不下去了。想到『那個』，連我也覺得好笑。」
據說前幾天傍晚，宇治市發生了龍捲風。

龍捲風自伏見桃山城一帶颳向六地藏，絲毫不見頹勢，可怕的是，龍捲風朝著東堂先生的錦鯉中心步步逼近。

得到消息的東堂先生趕緊從京都信用金庫趕回來，只見那根漆黑的通天巨棒不正越過錦鯉中心的圍牆往魚池去嗎！東堂先生掙脫阻止他前行的打工青年，朝龍捲風衝去。

小屋被吹走，蓄水池的水轟轟作響，形成漩渦。

恰恰在此時，在西射的炫目夕陽照耀中，東堂先生心愛的錦鯉鱗片燦然生光，朝天空飛去，彷彿在說：「我們會變成龍回來的！」

他在暴風橫掃之下頂天而立，高喊：「把優子還給我！把次郎吉還給我！」喊著每一隻錦鯉的名字，但龍捲風對他悲切的叫聲不爲所動，最後將可愛的鯉魚一隻也不剩全部吸走了。

這場災難斷送了東堂先生償還借款的希望，之後他夜夜在酒街徘徊，在黑暗中摸索人生的下一步。

「把優子還給我！把次郎吉還給我！」

聽著東堂先生以瑟瑟寒風般的顫聲再三呼喊，就連我也傷心起來。他實在太可憐了！

「妳眞是個好女孩。」他看著我的臉說：「我活了這麼久，閱人無數。在妳看來也許是個不起眼的無趣大叔，但我好歹也磨練出看人的眼光。有妳這樣的女兒，妳父母一定很幸福。我這不是客套話。」

「過獎了。」

然後，我們乾杯。

「妳酒量眞不錯，不過以這種速度喝不要緊嗎？」

「我喝太慢就醉不了。」

「是嗎。那麼，讓我來告訴妳哪裡喝得到更讚的酒。」

東堂先生站起來。

「我們換一家店吧？」

我們兩人沿著高瀨川畔向北而行。東堂先生愼重其事抱著一個淺蔥色的布包。大學生、上班族以及身分不明的醉鬼，讓街道熱鬧起來。

東堂先生眺望四周，告訴我祕密之酒的故事。

那種酒叫做「僞電氣白蘭」。多麼奇特的名字呀。

「所謂電氣白蘭，那本是大正時代東京淺草一家老酒吧推出的一款歷史悠久的雞尾酒，在新京極那一帶的店還喝得到。」

「僞電氣白蘭和電氣白蘭不一樣嗎？」

「據說電氣白蘭的配方是不傳祕方，後來幾位京都中央電話局的職員企圖重現那味道，經過不斷的錯誤嘗試，就在窮途末路之際，居然奇蹟似地給他們做出來了。那就是僞電氣白蘭。不過畢竟是偶然做出來的，香氣和味道都和電氣白蘭截然不同。」

「是用電做出來的嗎？」

「也許吧，既然都叫電氣白蘭了。」

東堂先生說著嘻嘻笑了。

「現在也有地方偷偷在做，供應給夜晚的鬧區。」

我腦裡浮現出明治時代的紅磚小工廠，裡面接起電線，金黃色火花四濺。那裡不像釀酒場，更像化學實驗室和變電所的綜合體。一臉嚴肅的眾職員依據祕傳的配方愼重地調整電壓，由於電壓稍有出入，僞電氣白蘭的味道就會不同，他們自然個個露出如臨大敵的表情，最後，散發神祕香味的液體徐徐注入透明的燒瓶中。以電製酒，如此有趣的點子究竟是誰想出來的呢？

我滿心好奇，太好奇了，以致於差點在木屋町的路上跳起來。

「啊啊，好想喝喝看啊。」

東堂先生是從一位叫李白的老人那裡知道僞電氣白蘭的。爲了維持錦鯉中心的營運，他曾向李白老先生借錢。

李白先生在木屋町、先斗町這一帶是名人，據說酒量深不可測，來去都由專車接送，是個有錢人。他請人們喝僞電氣白蘭，終日無止境地玩樂。

夜晚的街道眞是個不可思議的世界。

東堂先生帶我去的地方，是木屋町東側一棟住商混合大樓的頂樓。那棟舊大樓堆滿了廢棄物，我還以爲一腳踏進了廢墟。

東堂先生推開厚重的門，微弱的燈光流瀉而出，傳來人們的低語。骯髒的吧檯，髒兮兮的沙發和椅子好像從垃圾堆裡撿回來一樣，牆上到處貼著手寫的菜單，牆邊書架上塞滿了發黃的舊雜誌。每個客人隨興地占住椅子或沙發，各自聊天。

我在東堂先生建議下喝了燒酎。

「爲妳的幸福乾杯！乾杯！」

東堂先生小口啜著燒酎，談起他的女兒。她比我大上幾歲，五年前東堂先生和太太離婚之後，就很少見到女兒了。據說是女兒不太想見東堂先生。多麼悲傷的遭遇呀！只見東堂先生喁喁細訴，有一次還用手背擦眼角。

「爲人父母只求孩子能幸福。妳的父母一定也這麼想。我也是父親，我懂。」

「可是要幸福是一件很難的事。」

「當然。那也不是父母能給的，孩子必須靠自己找到幸福。不過若是爲了幫女兒尋找幸福，要我怎麼出力都在所不惜。」

我深深覺得東堂先生眞是一個很好的人。他的心是多麼崇高啊！

「年輕人啊，自問自己的幸福是什麼，這才是正面的煩惱。只要不忘經常問自己這個問題，人生就會變得有意義。」

東堂先生篤定地說。

「對東堂先生而言，幸福是什麼？」

他拉起我的手。

「像這樣認識萍水相逢的人，與對方共度快樂的時光，或許這就是我的幸福。」

他從布包裡取出一個塗成紅色的小小木雕，放在我的手心。

「給妳一個護身符。」

那是樹根嗎？形狀長得像傾斜向上的大砲，十分特別。拿在手心翻來覆去仔細一看，也很像表面濕滑的深海生物。我想，該不會是刻意把鯉魚做得誇張逗趣的模型？

「妳要好好愛惜。」

「傳說鯉魚躍上瀑布就會變成龍，所以是出人頭地的象徵。鯉魚旗也是一個例子。鯉魚自古就是很吉祥的魚。祇園祭的神轎裡也有一頂叫鯉魚山，上面裝飾著一條躍龍門的大鯉魚。妳知道躍龍門這個說法吧？那就是……」

在訴說這些典故雜學的期間，東堂先生不時望著我的手，嘆氣般說「眞是一雙好手」、「好可愛的手」。可是我的手明明什麼有趣之處都沒有，連紅葉餅都比我的手可愛。

「啊啊，醉了醉了。妳也喝了不少啊。」

「您沒事嗎？明天不會宿醉嗎？」

「那算什麼！只要喝得痛快就好。現在的我很幸福。」

說著，東堂先生手環住我的身體，一把將我抱住，然後搖來晃去地說：「打起精神來啊！」我回答：「是，我精神很好！」

在這麼做的同時，我發現東堂先生的手不小心滑到我的胸部一帶。他一邊搖晃著我，一邊也搖晃著我的胸部。東堂先生是個高尙的人，不可能在大庭廣眾之下做出無恥的行爲。恐怕他是爲了鼓勵我而抱住我時，因爲醉意而失手了。但是我實在癢得受不了。

「不好意思，東堂先生，手。」

「嗯？手怎麼了？」

「您的手碰到我胸部了。」

「啊，抱歉，失禮了。」

說著，東堂先生放手，但過了一會兒，又把手伸過來摸我的胸部。我覺得很癢，最後不得不把東堂先生推開。就在我們這樣摸來摸去，不，正確地說，我是被摸，在這樣來來回回之際，背後突然有個女生的聲音說：「喂！東堂！」

回頭一看，那是位個子很高、眉形英氣逼人的女子。

「你這色老頭，又不幹好事了。」

「嗚哇！原來妳在啊！」

東堂先生頓時威嚴盡失，變得一臉沒出息的樣子。

只見那位女子挺起胸膛逼近東堂先生。

「你那麼愛摸胸部，我的給你摸。來，摸啊！」

「不了，我才不想摸那種不含蓄的東西。」

「混帳東西，還不快給我滾！」

東堂先生慌慌張張地站起來，想拿他的布包，但一碰布包就鬆開，包裡的東西散了一地。那是很多幅古畫，畫中男女像巧連環般互相交纏，交纏的部位盤踞著怪獸般的東西。我幫忙撿，忍不住盯著畫看，好奇地問：「這是什麼啊？」東堂先生連忙搶走我手上的那張畫。

「春宮畫啦。」

東堂先生沒好氣地說。

「我今天要把這些賣掉。」

因爲他的表情實在太落寞了，我忍不住想叫住他，但東堂先生以不由分說之勢把春宮畫包好，像風一般走了。

我拿出他給我的那個護身符，發現那既不是大砲也不是錦鯉，如假包換，就是剛才畫裡出現的怪獸，也就是，恕我直言，便是男性的象徵。

我嘆了一口氣。

趕走東堂先生的女子在我身邊坐下，溫柔地問我：「妳還好吧？」我眼睛眨也不眨地盯著她看，發覺她確實是長了一張眉目分明、英氣逼人的臉。不理會看得入神的我，她以很有派頭的聲音點了啤酒，然後回頭朝背後喊一聲「樋口，你也過來啊」。一個身穿褪色浴衣的男子悠然而立。

「嗨，妳好。」

來到吧檯的男子可愛地微微一笑。

「凡是在夜裡遇到的可疑人物，絕不能對他們掉以輕心。不用說，也不能讓我們這種人有機可乘。」

如此這般，我認識了羽貫小姐與樋口先生。

羽貫小姐喝啤酒像喝水一樣。

有個詞叫做「鯨飲」，正是一名美人肚子裡有一頭鯨魚的意趣。我像欣賞高超的武藝一般，觀賞她咕嘟咕嘟將啤酒喝光。她的搭擋樋口先生似乎沒她那麼會喝酒，只見他珍惜地搖晃酒杯，頗感興趣般看著羽貫小姐把啤酒解決掉。

羽貫小姐的職業是牙科助理，但樋口先生做哪一行就不知道了。

因爲他說了一句令人費解的話。

「我在當天狗（注）。」

「嗯，也差不多了啦。」

羽貫小姐也沒有加以否定。

「幸好妳遇到我們。東堂那傢伙不是好東西。」

剛才的事她似乎比我還生氣。

我倒是覺得東堂先生十分可憐。他好心地告訴我那麼有趣的典故雜學和了不起

注：日本傳說中棲息於深山的一種妖怪。紅臉高鼻，背有羽翼，具有神力，能夠飛翔。

的人生哲理，更重要的是，他還請我喝酒。再加上，東堂先生賭上人生經營的錦鯉中心被毀，正面臨重大危機，今晚對他而言可說是在黑暗中摸索的一夜。考慮到他的立場，只不過是被摸一兩個乳房，嗯，乳房是只有兩個啦，但無論如何，爲何我如此沒度量，不能心平氣和地當作沒事呢？

「東堂先生一定很痛苦。我對他太無情了。」

「有什麼關係，妳應該要對他更無情才對！」

「可是東堂先生很照顧我。」

「妳不是才剛認識他嗎？」

「可是他和我分享了很棒的人生哲理，我想他一定不是壞人。」

「好了好了，妳冷靜點，先喝再說吧。我請客！」

羽貫小姐幫我點了啤酒。

「人生大道理那種東西，稍微有點年紀的老頭誰都會說。」

她說：「就連樋口也辦得到吧？」

「很難講，不知道耶，再說我也不想說。」

樋口先生閃爍其詞。

我說起錦鯉中心被毀的事，羽貫小姐微微皺起眉頭。

「那倒真是遺憾。」

「搞不好會去跳鴨川喔。」樋口先生說。

「你很煩欸，再說，那人有那麼纖細嗎！」

「可是生意失敗不是一件小事啊，就算表面上裝得像平日一樣快活，搞不好心裡打算把今晚當作最後一夜。」

「樋口，你幹嘛說這種討人厭的話啊！」

羽貫小姐喝光了啤酒。

「啊啊，真不舒服。我想換個地方，樋口，你有錢嗎？」

「哪來的錢啊，這個年頭。」

「那就找個地方混進去吧。」

「贊成。轉移陣地吧。」

「我們現在要到別處去，妳要不要一起來？」

羽貫小姐瞅著我的臉看。「有人作伴比較放心吧。」

「請讓我一起去。」

「可不能相信我們喔，我們也是來路不明的人喔。」

樋口先生正色給我忠告。

「別把我跟你混爲一談。」

接著羽貫小姐瀟灑地撩一撩頭髮，站起身來。

穿過窄小的鐵門，來到緊貼著大樓後方的緊急逃生梯，下面是一片陌生紛雜的風景。

低矮的住商混合大樓形成凹凹凸凸的影子，從南到北連成長長的一片，當中處處可見霓虹燈和路燈光芒。燒肉店巨大的燈飾在大樓的屋頂上閃爍。電線有如網子般覆蓋在這些建築之上。還以爲這是一片歡樂城，卻見如離島般的民宅晾衣台悄然出現，看起來有如祕密基地。眼前橫向細長的迷濛光帶，應該就是南北延伸的先斗町吧。這小小的街景，彷彿是被塞進木屋町與先斗町之間的迷宮。

我們下了逃生梯，那裡是一個狹小的腳踏車停車場，堆積了大量的腳踏車殘骸。

「喔，這是什麼？」

樋口先生在腳踏車旁蹲下，拿起一個軟趴趴像昆布妖怪般的東西。他在黑暗中搖晃那東西給我們看。

「褲子吧？」

「這種東西怎麼會掉在這裡？」

「應該是有人脫掉的吧，對方可能有什麼苦衷。不用管那個啦。」

只見羽貫小姐卡鏘卡鏘地隨手堆起一台台腳踏車，爬上車山。樋口先生從我身旁走過，慢吞吞地跟著照做。爬上車山時，樋口先生的浴衣衣襬大大掀起，我以爲那景象一定不堪入目，但不知何時樋口先生竟已將那所有人不明的長褲好端端穿在身上。這下我就放心了。

「請問，我們到底要去哪裡呢？」

「噓！」羽貫小姐將手指頭抵住嘴巴，「要爬過這道牆。」

爬過牆之後，有一座小巧的燈籠照著矮樹叢，氣氛像料亭庭院般清雅。沒想到淨是冷硬水泥大樓的這一帶，竟有一個如此幽靜的地方，眞是可愛極了！

「我們要去偷酒嗎？」

「說得眞難聽！別把我跟樋口混爲一談。」

「我只不過是撿起別人的失物罷了。」

樋口先生理直氣壯地反駁。

「因爲懶得拿到警察局，才穿在身上。」

「天哪，樋口，你穿了剛才那條褲子？拜託你別鬧了好不好！」

讀者諸賢，大家好。在此與各位久別重逢。

至今才如此唐突地介入，是考慮到這時候各位想必已將孤伶伶地佇立在木屋町街頭的我給忘了吧。請莫忘給我滿滿的愛。

當她遭逢劫難，被那可恨的東堂摸來摸去的時候，我理當毅然決然上前英雄救美自不待言。然而我實在是無能爲力，因爲那時我正躲在木屋町通往先斗町的小路暗處，因寒冷與憤怒而發著抖。爲什麼呢？因爲我的下半身一絲不掛。對於那些破口大罵我「變態」的讀者，我深有同感。但若要爲此責備我，恐怕操之過急。

總之，我看著她與東堂結伴走在高瀨川畔，進入面木屋町的大樓，心想稍後再跟進店裡觀察狀況。雖然不知兩人的關係，如果她是被陌生男子搭訕而不知如何是好，當然就得挺身而出。我完全是出於一片好意。

然而就在倏忽之間，我竟莫名其妙遭到暴民攻擊，被拖到小路中，對方什麼不好搶，竟搶走了我的長褲與內褲。夜晚的街道果眞危險重重！黑暗中，對方出手迅雷不及掩耳，我沒看見那可恨犯人的長相，只記得聞到一股極甜、極不可思議的花香。竟然被一個身上有花香的暴民剝光，眞是奇也怪哉。想必誰也不會相信我悲慘的遭遇吧。

抵抗也是徒然，迫不得已之下，我只能向天下堂堂展示自己。不，這我當然做不到。最後只能在小路一角抱著路旁的啤酒箱，盡可能縮起身子。我自以爲這晚霸權在手，摩拳擦掌，期待與她來場浪漫幽會，卻萬萬沒料到竟會落到委身啤酒箱的下場。不僅無法擔任今晚的主角，要是這時被警察撞見，肯定不由分說會被烙上無恥之徒的印記。心中高貴的青雲之志，這下也只能化爲木屋町的露珠悵然而逝。

萬事皆休。我遠眺著她愉快地度過這一夜，心想成爲路旁石塊的命運也許就此底定。

寬敞的廳堂裡年輕男女混雜，酒宴方酣。

他們是大學的文藝社團「詭辯社」的社員。此宴是爲歡送前往英國留學的社團前輩而舉辦，席間遞送著適合慶祝這光榮起程的香檳。

「香檳很順口，容易一不小心就喝多了，不過妳應該沒這顧慮吧。」

樋口先生說。

「那麼，讓我們爲這位即將前往英國的陌生朋友的似錦前程，乾杯！」

正當我們享用免費美酒，羽貫小姐則如百年知己般融入人群，大肆吵鬧。她順手抓住倉皇而逃的人，不分男女就往對方臉上舔。據說這是她喝醉時的毛病。

「不會痛的，再靠過來一點。」

「嗚哇！別這樣！咿咿咿！」

「這位姑娘隔岸作壁上觀嗎？」

「啊啊！耳朵不行！耳朵不行！」

看著羽貫小姐一手製造出眼前不可思議的混亂狼藉，我大爲佩服。徘徊於木屋町的鯨美人，一旦阮囊羞澀便勇闖陌生人的宴席，輕易將免費的酒收入胃袋，一一舔過眾人的臉。這樣的她，非痛快無比無可形容。

剛才只見她佯裝喝醉，在走廊上埋伏如廁歸來的酒醉大學生，硬是一把抱住對方，半強迫地與人稱兄道弟，就這麼大聲嚷嚷著闖進了宴席。在這種時候，絕不能害羞。能否混進陌生人的宴席，是場你死我活的死戰，一絲一毫的猶豫都是致命傷，必須一鼓作氣直搗宴席核心，不由分說炒熱場面，將「怎麼會有這個人？」的疑問一舉擊潰。

不過實際上陣的英豪是羽貫小姐，我們只不過是悄悄循著她所開闢的道路前進罷了。

「每當像這樣在夜裡晃蕩，我就會想起那個人。」

樋口先生喝下香檳紅了臉頰，突然呵呵笑了說。

「有個奇特的老頭叫李白，最近很少遇見他，不過以前我曾經跟著這個人吃香喝辣。李白是他的綽號，他可是個與眾不同的奇人。白天是個吝嗇到家的鐵公雞，到了晚上就成了豪遊的闊客。託他的福，我嘗過不少甜頭。」

樋口先生邊說，臉上露出極其愉快的表情。

「李白翁有兩個嗜好。一是領著像我這樣的清客，偷襲走夜路的男人，搶走他們的內褲。另一個，就是用偽電氣白蘭來拚酒。」

「啊，僞電氣白蘭，久聞大名。有機會眞想喝喝看。」

「那可不容易，因爲僞電氣白蘭不是普通的雞尾酒，這一帶的店都沒有。我也不是很清楚，不過猜想那大概是私釀的酒。李白翁有的是錢和僞電氣白蘭。」

樋口先生從浴衣衣襟內取出雪茄，叼在嘴裡。

「李白先生爲什麼那麼有錢呢？」

「他是放高利貸的。」

說著，樋口先生吐出一口濃濃的煙。

「我也欠了一點錢，所以最近不見李白翁。」

一名男子逃離遭羽貫小姐支配的無法地帶，爬了出來。

「請問你哪位？」這人問。

「我也不認識你。」樋口先生答。

一時之間，兩人傻傻互望。

然後，這名男子做出「算了，是誰都無所謂」的表情，展現了大氣度。再說他已經爛醉如泥，只見他以不靈活的大舌頭拋出了話題，唐突地說出「跟自己愛的男人結婚，和跟自己不愛的男人結婚相比，當然是跟自己不愛的男人結婚比較好」這般與眾不同的話。

「眞是個嶄新的論調。」

「爲什麼呢，因爲愛上一個人就會失去理智，無法做出正確的判斷。所以與其嫁給心愛的男人，嫁給不愛的男人才是合理的選擇。結婚是要與對方共度漫長的人生，下判斷時必須審愼再三才合情合理。可是戀愛這種感情是無法合理說明的，與結婚這碼事原本就南轅北轍。再說，與心愛的男人結婚，必須經歷熱情逐漸冷卻的悲哀，但若是嫁給不愛的男人，就無從冷卻起，因爲本來就沒有熱情。好處還不止這一樣。如果不愛丈夫，就不必爲他的花心所苦，做太太的不會嫉妒，也就無須爲無謂的煩惱束縛。如果從邏輯的觀點來思考，怎麼想女人都該嫁給自己不愛的男人。明明這樣才對，爲什麼女人偏要嫁給她們愛的男人呢？她們都認不清眞相嗎！」

說完這番話，這名男子醉得口水直流。我拿濕手巾幫他擦了口水。這個人頻頻喊著一個叫奈緒子的女生的名字。

「我根本不該來參加什麼歡送會！奈緒子正在舉行婚宴，那邊才重要啊！」

「那你就趕快過去吧。」

「不行啊，這是我的歡送會。」

「搞半天，原來要去英國留學的就是你啊。」

「而且事到如今，叫我拿什麼臉去見奈緒子啊。跟那種硬要嫁給心愛的男人、有理講不清的女人，說什麼都沒有用啊！」

眼看這個人就要纏上來，樋口先生用力將他一推，對方就滾到了房間一角，發出「呼啾」的呻吟聲，不動了。簡直就像一頭生悶氣的海獅倒頭就睡，那背影看上去真是可憐。我想，以詭辯來做愛的告白是不管用的。

「那麼，現在，讓我們以詭辯舞來激勵高坂學長。」

這時，一名看似幹事的女子站起來這麼說。

「高坂學長在哪裡？」

「在那邊蒙頭大睡。他想躲過不跳嗎？」

「說到這舞，到底是誰想出來的啊？真是遺臭萬年。」

「總之先把學長叫起來再說。」

「嗚哇！學長口水流得跟牛一樣。」

原本動也不動的高坂先生忽然像雄獅般狂吠，口水四濺。

「嗚喔！奈緒子！」

圍在他身邊的社員哇的一聲後退。

「奈緒子學姊不在啦，現在她已經變成人妻了。」

「來，跳跳詭辯舞，揮揮衣袖到國外去吧！」

高坂先生就在眾人安撫和扶持下，搖搖晃晃地在榻榻米上站起來。學弟妹雖然簇擁著他，但看起來不像在激勵，反倒像在恣意推弄他。

「學長，你要成功喔。」

「謝謝諸君。有諸君歡送，我好高興。」

「學長，你一定要成功。乾脆不要再回來了。」

「學長不在，我們也不會有問題的，學長放心吧。」

「永不再有重逢之日，好高興啊，再見。」

在歡喜的聲浪中，高坂學長在學弟妹的推擠下前進，每個人都將雙手舉高，在頭頂上合掌，扭著腰，在房間裡緩緩前行。這就是詭辯舞。

看他們那麼開心，我和樋口先生也忍不住加入了行列。正當我們全心全意爲高坂先生光榮邁入人生另一個里程碑慶祝時，羽貫小姐出現了。她把正瘋狂扭動身軀的我們拉到走廊上。

趁著宴席結束前的混亂脫身——羽貫小姐喝霸王酒的高招到此才算圓滿。

我們從料亭來到先斗町，在石板路上向北而行。

抬頭一看，左右兩旁屋簷占據了夜空，多條電線在狹小的夜空縱橫。料亭二樓的細竹簾是放下的，酒席的燈光從隙縫中透出來。

狹窄的巷道兩側，紅燈籠、招牌、簷燈、自動販賣機以及裝飾窗的光芒，猶如夜市一般無止境地連成一片。人們三五成群，歡樂地穿梭其中。

我看到多位儀表堂堂的大爺悠然走進門檻高如萬里長城的店家。想必這就是先斗町的格調吧。穿過門，在那石板小路深處發生的事，必然極盡風流瀟灑之能事，想必乃由大人取悅大人的成人遊藝，是我這種小輩無從想像的。一定是的，我真是好奇。

「好啦，接下來呢？」羽貫小姐喃喃地說。

「已經沒地方去了嗎？」

「倒也不是。我看還是找捷徑回木屋町好了。」

這時一隻貓從我腳邊跑過。

那貓動作迅捷無比，讓我不由得跟著回頭，看見了石板路盡頭有個藝妓小姐。她穿過垂掛的大燈籠，悄悄滑進往西的小路。

等我回過頭來時，已不見羽貫小姐他們的身影。

他們轉進小路了嗎？我探頭看，沒看到人。倘若沒有那兩位，在這先斗町我便沒有能夠依靠的人，也不知該如何繼續這夜晚的旅程。眞是苦惱。

「小姐，妳一個人啊？」

一個醉漢向我搭話，我想起樋口先生的忠告：在夜晚的街頭遇見可疑人物，絕不能掉以輕心，於是向他行了一禮便掉頭就走。

忽然，一顆大蘋果從天而降，滾到我面前的石板路上。

我不由自主地找起蘋果樹來，畢竟蘋果樹出現在先斗町未免太奇怪了。不過我立刻就發現，那並不是蘋果。我和一個板著臉的福態不倒翁四目相對，大眼瞪小眼起來。

讀者諸賢，久違了，是我。就是那個藏身昏暗小巷、下半身非比尋常開放、驚慌失措的我。抱歉，又打岔了。

這晚，在我面臨可能犯上公然猥褻罪的緊要關頭，出手相救的，是被店家趕出來的東堂。

他步履蹣跚走進小巷，留下一句「你等等」給求救的我，過了一會兒帶著一條舊長褲回來。聽說是向住在先斗町與木屋町之間一個開舊書店的朋友借來的舊衣。

東堂神色黯然，一副隨時要去上吊的表情。他說自己什麼都不在乎了，可是既然在這裡相遇也是有緣，會請我好好樂一樂，要我和他一起走。他身上有種失意的憤慨，稍稍有些可怖，最後我終究拗不過他，便與這名摸她胸部的可恨男子同桌共飲。不過當時他做過的事，我自然是一無所知。

我們穿過小巷，他領我到先斗町面對鴨川的一家酒吧。這家店位在狹小大樓的二樓，店內只有吧檯，小如洞穴，而且不知為何店內處處可見貓和不倒翁。

當著酒與我，東堂忽然嚎啕大哭，哀嘆：「可惡！太無趣了！活著還有什麼意思！」接著又喃喃說著：「啊啊，該怎麼辦？」下一秒又自行做出結論：「也不能怎麼辦了！」
如此這般，東堂將曾向她細訴的身世，又淚眼婆娑地重複了一遍。也許是壓抑不了怒氣，他動不動就咒罵一個名叫李白的老人，控訴李白翁一直逼他還錢。然而東堂痛罵了一聲「那個狗娘養的王八蛋」之後，又偷偷打量身後，深怕被人聽見。
此時此刻，與她重逢彷彿已是遙不可及的夢想，竟落得只能和陌生大叔獨處。一想到此，我不禁悲從中來，我們各因各的理由淚濕衣襟，具體呈現「男人的酒，男人的淚」的慘狀。東堂愈醉愈失態，頻頻叫我「不要客氣」、「喝啊」，結果我喝下的酒遠超過我的酒量，喝得酩酊大醉。
喝著喝著，天搖地動，彷彿整家酒吧在鴨川上漂浮。
不久，東堂那個開舊書店的朋友登場，陌生大叔的人數頓時倍增。
「抱歉來晚了。我家浴缸壞了，我去櫻湯洗了個澡才過來。」
他津津有味地將土啤酒一飲而光後，身子探向前，問說：
「那，你當眞要賣？」
東堂點點頭，解開包袱，取出一幅幅春宮畫，排好。他說決定在今晚的「閨房調查團」拍賣會上，忍痛賣掉這些珍藏。這是他走投無路的無奈選擇。如今除了賣了這些籌一筆錢逃離李白翁，別無他法。

「閨房調查團是什麼？」我插嘴問道。

「所謂的閨房調查團，就是收集與閨房之事有關物品的玩家俱樂部。像是情色玩具、骨董、超過道德尺度的影片，或是像這傢伙收藏的春宮畫，聚會時團員會帶著自己的收藏來參加聚會。」舊書店老闆為我解釋。

「什麼調查團啊……根本就是色狼集會嘛。」我低聲說。

「你說什麼！這些可都是文化遺產！」

「也是我的生存意義。」東堂說。

隨便你們啦。

我想打開馬路的窗戶吹風醒醒酒，於是踉踉蹌蹌站起身，打開窗戶，低頭望著先斗町的石板路。

就當我將下巴擱在冰涼的窗框上呼呼喘氣時，一個熟悉的嬌小身影一步步自眼底的石板路走過。我認出是她，想叫住她卻又發不出聲音，只好連忙抓起擺在吧檯一角的不倒翁，不理會店主「你幹什麼」的叫喚，從窗戶探出身子，將不倒翁扔下去。

她停下來了。只見她拾起掉落在眼前石板路上的不倒翁，直盯著看。

我轉身想立刻趕到她身邊去，但喝得酩酊大醉，腳根本不聽使喚。地板彷彿變成一道道波浪，我隨著波浪起伏，胸口煩噁得像從懸崖墜落。

「話說回來，這傢伙是誰啊？」舊書店老闆指著我問。

這點醉意算什麼！她人就在樓下，我怎能不去——我呻吟著想動，然而下一秒身子卻倒在貓咪四散奔逃的骯髒地板上。

於是，我不得不再度退場。

我把不倒翁抱在肚子前，一步步走著，沒多久就看到樋口先生從通往木屋町的小巷探出頭來。

「這邊啦，這邊。」樋口先生招手叫我。

我高興地趕緊跑過去。

「啊啊，太好了。我還以爲跟丟了。」

「那不倒翁哪裡來的？」

「撿到的。」

「很Good的不倒翁呢。」

在樋口先生帶路下，我走進一條羊腸小巷。

座燈造形的電燈，在腳邊發著光。

木板牆前擺設的大盆栽裡種了楓樹，青綠的葉片底下，兩隻貓藏身在那裡。以紅磚裝飾的牆上有像潛水艇上頭的圓形玻璃窗，光線流瀉而出。樋口先生打開門。吧檯後並排的酒瓶如豪華水晶燈燦然生輝，店內充滿了威士忌的琥珀色光線。長長的吧檯邊紳士淑女一字排開，不約而同瞪著進門的我。

心想，啊啊眞可怕，自己就像個小媳婦似的。走過吧檯，發現店裡深處有個祕密基地般的昏暗空間，羽貫小姐混在四名魅力熟男當中正在談天。

坐在紅布沙發上的叔叔個個繫著紅領帶。本著「相逢正是酒緣」主義、無憂無慮的羽貫小姐，早已與紅領帶大叔打成一片。

「令公子結婚？那眞是恭禧恭禧。」乾杯。「哪裡值得恭禧了，可惡！」「別氣別氣。」乾杯。「明明是我養大的，卻擺出自己長大的臉色。」「沒父沒母，孩子照樣會長大的。」「有我沒我都一樣嗎！」「怎麼會呢，社長先生。」乾杯。

我小聲問樋口先生。

「爲什麼大家都繫著紅領帶？」

「聽說是今晚要慶祝六十大壽。」

聽說那些大叔是大學時代的同窗，特地排出時間在京都聚首。在上京區行醫的內田醫生說：「酒很多，別客氣，喝吧！」說完便幫我倒了赤玉紅酒。

「眞不好意思。我好喜歡赤玉紅酒。」

「爲了配合六十大壽，特地要人準備了赤玉討討喜氣，但是實在喝不多，正在愁不知該怎麼辦呢。」

「不過啊，人生眞的是乏善可陳啊。」「別說了別說了，愈說心情愈不好。」「這傢伙從以前就很哲學，比較不政治。」「都這把年紀了，說那種裝年輕的話有什麼用，幼兒退化嗎？」「都已經六十了。」「是嗎，原來所謂的六十是這麼一回事啊。」「換句話說，我們又與青春時代重逢了。」「永世輪迴。」「如果回來的只有煩惱沒有青春，那根本就是下地獄吧。」「因爲是晚上啦。」「什麼？」「因爲是晚上才會這麼想。」「不是晚上我也會想這些啊。」「那就太糟了，那是危險的徵兆。」「孩子都已經長大成人了不是嗎，你就當萬事如意吧。」「都已經六十了，還是想不通。何謂人生啊？」「人生的目的是什麼？」「創造宇宙繼起之生命啊。」「好蠢。」「現在談論這些又有何用？還沒談出一個結論來就死了。」「死眞是件恐怖的事。」「我還以爲年紀大了就不怕死了，結果我反而愈老愈怕。」「是嗎？我倒不會。」「你本來就是那種人。」「想一想，你不覺得很神奇嗎？出生在這世上之前，我們都是塵土，死了之後又回歸塵土。比起當人，當塵土的時間長久得多。那麼，死了應該是一般情形，而活著只不過是罕見的例外。既然如此，死有什麼好怕的？」

我們所在的酒館一角安靜下來，感覺有如即將沉沒的豪華客船一吋吋往水裡陷落。「來吧，喝就是了。」內田醫生這麼說。只見叔叔各自陷入沉思，啜飲著赤玉紅酒。

這時，打著瞌睡的羽貫小姐突然睜開眼睛，打破了沉默。

「怎麼淨說些不如意的喪氣話呢！來，樋口，表演一下吧！」

樋口先生從沙發上站起來，昂然而立。

他從浴衣裡取出雪茄，表情嚴肅地開始吐出陣陣輕煙。

房內立刻漂起泰晤士河霧般的濃濃白煙，從我們所在的一角流瀉而出，包圍住以琥珀色燈光照明的吧檯。在吧檯靜靜喝酒的幾位客人一臉詫異地轉頭往這裡看。

「在場的各位，若身無要事，不妨賞眼一觀。小的不才，在席上一角獻醜，但不求您扔錢賞賜。話雖如此，若中意小的的把戲，要請我們吃飯喝酒，斷然也沒有拒絕的道理。您先看再說吧！」

然後，在濛濛繚繞的煙霧中，樋口先生雙手做出擠壓無形的空氣幫浦的動作，像是在爲自己腳邊的汽球打氣。

下一秒，大叔不約而同自沙發上站了起來。

因爲樋口先生的身體竟輕飄飄地浮了起來，在離地三十公分的地方搖晃著。再怎麼看，都是貨眞價實地浮在半空中。

然後就在眾人一臉傻相的仰望中，樋口先生腳往牆上一蹬，身子頓時飄到天花板一帶。我把不倒翁扔給樋口先生，只見他抱著不倒翁縮起身子，在天花板上的巨型電燈周圍一圈圈繞了起來，不時向電燈噴煙。

樋口先生擺出臥佛的姿勢，輕快地朝吧檯飄去。原本靜靜喝酒的其他客人也爲之驚愕，抬頭看著自頭頂飄過的浴衣男子。

羽貫小姐啪啪地拍起手來，我們也緊跟著拍手，接著拍手便演變成震天響的歡呼喝采。

樋口先生在對面牆壁像游泳選手般漂亮地轉身，再度回到我們這邊，落地站立，鞠躬行禮。

「哦，你眞有一套。」

染織公司的社長，也就是兒子剛結婚的赤川先生讚歎道。

「我還是頭一回看見這種表演。你是做哪一行的？魔術師嗎？」

「我是天狗。」

「什麼？天狗？那可眞是了不起。」

社長呵呵大笑。

「下回一定要到我們的宴會上表演。」

「來，喝一杯吧！」

內田醫生拿起赤玉紅酒，卻發現酒瓶是空的。他伸手去拿旁邊的瓶子，那瓶也是空的。我覺得臉紅得像火燒一樣，但不是因爲酒醉，而是實在不好意思。不好意思、不好意思啊。

「這些都是妳喝光的？」內田醫生目瞪口呆地問。「妳要不要緊啊？」

「呵，原來這裡也有一頭天狗啊。」

於是席間再度熱鬧起來，像個汽球般興致高昂的社長先生與內田醫生各自舉起雙手合掌，扭身跳舞。正是那「詭辯舞」。

原來這幾位正是往日的詭辯社社員，詭辯舞的發明人。

在令人懷念的青春歲月中，他們游手好閒，賣弄詭辯，唬弄他人。在當時世人無數唾棄謾罵的言語當中，有一句「你們這些鰻魚妖人」他們特別中意，索性便向全天下宣告：「我等應賣弄詭辯一如滑不溜丟的鰻魚。」並將每逢聚會必學鰻魚跳詭辯舞列爲社訓，以此強制要求不情願的學弟們。三十年來，這項傳統一脈相傳，到了今日遭到現任社員嫌棄：「這種舞是哪個蠢蛋想出來的啊！」

據說當年他們到機場歡送前往國外留學的同志，亦是以詭辯舞送別。

「結果他在留學之地死了。」

社長說：「多令人懷念啊！」

意氣相投的我們跳著詭辯舞，離開了酒吧，如夜襲般輾轉於先斗町各處。

社長先生人面極廣，所到之處無人不識，走到哪裡都有朋友，見了面立刻一同哇哈哈哈大笑，就連啤酒的泡泡也爲之震動。時至此刻，深夜已然降臨的先斗町漸漸安靜下來，唯有我們的歡騰在這分靜謐的縫隙中穿梭。

我拜託社長，說想喝僞電氣白蘭，社長便以男鹿半島的青面鬼的口吻四處打聽：「李白先生何在？」在一場一場的酒席中不斷打聽李白先生的下落。

我們造訪了滿是貓咪和不倒翁的酒吧、雙胞胎兄弟主持的咖啡店、氣氛冶豔迷人的爵士酒吧、地牢般的酒館……店家接二連三出現，一瓶又一瓶的美酒，一扇又一扇的店門，然後又是一瓶又一瓶的美酒。

行程令人目不暇給，但只要有美酒可喝，刀山油鍋在所不辭！我感到樂不思蜀。

「妳可眞會喝啊，眞是海量。」

社長問我：「妳到底能喝多少？」

我驕傲地挺起胸膛：「有多少就喝多少。」

「這份志氣很好。妳應該找李白先生拚酒，這樣妳也能盡情暢飲僞電氣白蘭了。」社長先生說：「我賭妳贏。」

社長先生每到一處都在追問李白先生的行蹤，然而這一夜沒有人看到李白先生。絕大多數的人都認爲他應該是窩在自用車裡賞玩古書，或者是搶奪路上醉鬼的長褲取樂。

「要拚酒嗎？赤川先生也眞是學不乖，你贏不了的。」

「不，要拚的是這女孩。我看她是百年難得一見的人才。」

「喂喂，別亂來。」

「不能以貌識人。」

雖然沒找到李白先生，但能夠遇見現任詭辯社社員眞教人高興。他們在活像地牢的酒館一角跳著詭異的詭辯舞，因此絕不可能認錯。相差三十來歲的學長與學弟彼此感慨無限，大跳一場詭辯舞之後意氣相投，肩搭著肩唱起胡亂編的「詭辯歌」。

即將負笈英國的高坂先生身受紅領帶大叔集中砲火激勵——「要有日本男兒的驕傲」、「好好用功」、「焚膏繼晷」、「別死啊」——高坂先生雖不明所以，也應道「我會努力的」。不過高坂先生似乎還沒死心，不時便聽到他口中咕噥著「奈緒子、奈緒子」。熱鬧一場之後，他們也與我們同行。

這時羽貫小姐已被醉意推下沉默深淵，被眾人奉爲「沉睡的獅子」，由樋口先生背在背上。不過每次醒來她就聲稱「你的就是我的」，搶過別人的啤酒狂喝豪飲，高喊「先斗町最棒」，還大舔我的臉頰。醒來的獅子沒人制得住。

另一方面，樋口先生每到一處便展現天狗絕技，或從口裡吐出鯉魚旗，從窗戶飄放至夜空中，或從耳朵裡取出品味欠佳的金色招財貓，每每受到眾人的喝采。

鯉魚旗一路飄到先斗町的馬路上，夜遊的人想必會大吃一驚吧。金色招財貓猶如俄羅斯套偶一一生出小招財貓，酒館被大大小小的招財貓占據，店主暴跳如雷，樋口先生見狀飄上天花板逃到角落，在誰也抓不著的地方放聲大笑。

他不是像天狗，他就是天狗啊。

我在愉快的宴席一角盡情喝酒，祈禱能夠遇見李白先生和僞電氣白蘭。

將熱鬧歡樂由一家店帶往另一家店，我們像是夜行的奇幻詭譎馬戲團，又像是自行舉行了一場小型祇園祭。

就在我們來到先斗町的北邊盡頭，看得見歌舞練場的地方，遇見了從打烊的咖啡店出來的一行人。

那是今晚設宴慶祝結婚的新人，想必應該是續過一攤又一攤的第N攤了吧？緊緊依偎在一起的，便是那對以不畏天地的熱情恩愛震懾世間的新郎新娘。我們熱鬧的隊伍朝他們走去，那群人不明白遇上什麼狀況，都緊張起來。

「奈緒子。」高坂先生說著停下腳步，詭辯社社員為之鼓譟。

「咦，康夫？」社長說著哼了一聲，眾前詭辯社社員為之嘩然。

即將放洋的學生與現為人妻的伊人，以及迎接耳順之年的父親與新婚的兒子，在夜晚的街頭相遇了。一種不可思議的莊嚴籠罩四周，每個人都設法想從醉醺醺的腦袋絞出腦汁，思考該如何打破這奇異的沉默，這時，幾張古樸的紙片從天而降。

羽貫小姐拾了起來，奇道：「喔喔，這是？」六十歲的大叔和詭辯社社員也紛紛撿拾紙片，興趣十足地研究起來。我也撿起一張，發現那是男女以千奇百怪的姿勢交纏、似曾相識的春宮畫的碎片。這時，一聲痛徹心肺的嚎叫與春宮畫碎片一同從天而降。

「一切都完了！」

眾人不約而同往上看。

道路兩旁，西側是咖啡店，東側則是氣派的料亭。

只見東堂先生將腳跨在料亭三樓的欄杆上，像個歌舞伎演員般身子探出來，宛如演出最後高潮的俠盜石川五右衛門，睥睨著深夜的先斗町。他憤怒地撕破珍藏的春宮畫，整條手臂極力伸向半空，像趕鬼般撒下紙片。

每當在空中鬆開手掌，他都痛心地喊了聲「畜牲」。身軀交纏的無數男女飛往爲屋簷遮蔽的狹小夜空，一一落在石板路上，在窄巷細弄中盤旋，最後被風吹散不知所終。

在我看來，這情景有如將靈魂切碎隨風而去。

「眞是絕景。」樋口先生傻眼低語。

料亭的三樓也有許多人。有人試圖安撫東堂先生激動的情緒，但遭他痛罵「敢靠過來我就一頭跳下去」、「我死給你們看」。

東堂先生在哭。

「東堂先生！」我不禁高喊。緊接著又聽到有人喃喃地喊了聲「爸爸」。開口的，竟是新娘子。

讀者諸賢大安。

夜半三更，我在京料理鋪「千歲屋」的大宴會廳一隅，像只陳年醋甕般又酸又悶。我沒有遇見她。東堂找出來的那個舊書店老闆酒品奇差，令我際遇悽慘，如今想告退亦不可得，只能硬著頭皮蹚這渾水，與他們同船共命。

歷經幾輪宴飲廝殺，我們抵達了閨房調查團的臨時拍賣會。這時午夜已過，但料亭的小老闆也是閨房調查團一員，便答應了東堂的無理要求。這些好事者做事還眞是亂來。

東堂望著擺在眼前的眾多春宮畫，緊閉的嘴角下垂。

取下隔間紙門豁然開闊的宴會廳空蕩蕩的，四處可見擺了熱水壺、茶壺與茶杯的托盤，以及宛如紫色豆沙包的坐墊。從面向鴨川的玻璃窗看出去，可見黑暗的鴨川與京阪三条車站一帶的燈光。

不久，商店老闆、銀行員等男男女女各色各樣的團員睜著惺忪睡眼來到。據說有個京都大學附近的理髮店老闆還特地騎腳踏車前來。他們三五成群坐在坐墊上，或抽菸或喝茶，閒話沒說幾句。

就在舊書店老闆宣布閨房調查團集會開始，東堂的床第收藏品即將消失於垂涎不已的好事者懷中，手機鈴聲紛紛從宴會廳裡排排而坐的人群間響起，然後一則傳聞被興奮地傳誦。

「喂，聽說李白翁要拚酒。」理髮店老闆大聲說。

據傳聞，有個怪人正在這一帶走動，想找李白翁展開世紀之爭。這人物身形巨大，全身長達兩公尺，穿著破爛浴衣，是個有「沉睡之獅」之稱的花和尚。據說這名會從嘴裡吐出數不盡的鯉魚旗的怪傑，是爲了打倒李白翁遠自陸奧（日本東北地方）上京的。什麼怪傑，我看分明就是妖怪嘛！

團員議論紛紛。

「好久沒人找李白先生拚酒了。」

「可是今晚沒看到李白先生啊。」

「會在哪裡舉辦呢？」

「眞想去湊湊熱鬧。」

大宴會廳頓時騷動不已，眾人心中早已將東堂的收藏置之度外。

啊啊，眞討厭，竟然得將珍愛的收藏交給這些人，眞教人難以忍受——內心強忍無奈、一直靜坐不動的東堂，眼見場內的緊張氣氛鬆懈下來，自制力終於突破了臨界點。與妻女的離別、欠李白翁的債務、消失的錦鯉、即將四散的收藏，種種思緒排山倒海而來，東堂再也不願耍弄手段、想方設法了。什麼都不管了！與其要屈辱地賤賣心愛收藏，不如親手毀掉一切，再毀掉自己！想必他是如此痛下決心的吧。

只見東堂突然抱著自己的收藏衝到面大路的窗邊，跨過欄杆傾身而出。

「我誰也不賣！」

他叫喊著，隨後竟動手撕毀春宮畫。

滿座為之驚愕。

三更半夜把人叫出來，這白痴到底想幹什麼?!

調查團的團員紛紛起身試圖制住東堂，卻遭他威脅「敢靠過來我就一頭跳下去」，最後眾人只能眼睜睜目睹貴重的文化遺產化為紙屑，任誰也阻止不了。

就在我躺著悠悠喝茶欣賞這場騷動時，聽見了春宮畫飄落的先斗町街頭傳來她的呼喊。我忍不住跳了起來。

「東堂先生！」她這麼叫道。

「東堂先生，您不是要摸索人生的下一步嗎！」

我抬頭朝欄杆上的他呼喊：「不能放棄！」

「這些話妳是眞心的嗎！」

東堂先生往下瞪著我。

「我可是個亂撒春宮畫、摸妳胸部的男人！」

「可是您和我分享了了不起的人生哲理啊。」

「談論人生，根本只是閒嗑牙而已！」

東堂先生一咬牙，又撕破了多張春宮畫。

「光談論人生大道理，能爬出這人生的谷底才有鬼！」

「您的女兒在這裡。」

我把被嚇壞的新娘用力推向前。

「您不是說，爲了讓女兒幸福一切在所不惜嗎！」

「爸爸，別衝動！」

「怪了？妳怎麼會在這裡？」

東堂先生發現了女兒，又大發脾氣「畜牲畜牲」地罵，撕破春宮畫的手沒停下。

「我竟然在女兒面前丟這種臉！」

「爸，我不介意啊。不管你是色老頭也好，什麼都好，都沒關係。」

「不行！我受夠了！」

如此這般，一場緊張的親子對峙在眼前上演。這時，一直作壁上觀的樋口先生忽然回頭看去，他說：「哦，李白翁來了。」

向南看去，我倒抽了一口氣。

一具貌似巨型電車的物體，燦燦然大放光明，自黑暗狹窄的先斗町南方朝這邊過來。那是輛有如叡山電車相疊、造形奇特的交通工具，車身共有三層樓，車頂上還有座茂密的竹林。

車上到處垂掛著油燈，深紅色車身閃閃發光；各色綵帶球、小鯉魚旗、澡堂的大門簾裝飾其上，有如萬國旗般隨風飄揚。

車窗有好幾扇，溫馨的燈光流洩而出，小而美的水晶吊燈隨著列車的行進搖擺；透過一樓車窗，可見堆滿了書的書架，以及自天花板垂掛而下的浮世繪。

一時之間，我忘了東堂先生和周遭一切，愣愣望著這無視暗夜前來的魔法箱出了神。

人潮已散逐漸陰暗的先斗町裡，唯有這輛電車所在之處如祭典般明亮。然而雖然明亮，卻又靜得嚇人。

電車不聲不響地逐漸靠近，車頭釘上的珐瑯招牌隱約可見。上面大大地以寄席體字型（注）寫著「李白」二字。

四周的人們喃喃說著「是李白先生」、「李白先生來了」，自千歲屋欄杆探出大半個身子的東堂先生也喊著「什麼！李白！」伸長了脖子。三樓的人群趁機一湧而上，制住了東堂先生。

東堂先生猛力掙扎，想掙脫眾人的壓制，同時還不忘撒下剩餘的春宮畫碎片。

「我沒錢還他！我完了，我會被李白分屍！」東堂先生大喊：「給我一個痛快，讓我死在這裡！」

東堂先生的畢生幸福自欄杆飄然落下，被我在半空中一把抓住。三層電車油燈的橙色燈光，映在春宮畫碎片上滿頭珠翠的妖嬈美女身上。

今晚，相逢自是有緣。

望著萬旗飄動的三層電車悄無聲息地接近，我像要把車子推回去似地挺起胸膛。

我毅然抬頭看東堂先生。

「東堂先生，我要和李白先生拚酒，賭你的債務。」

我大喊。

「我一定會贏的！」

我們上了京料理鋪「千歲屋」的三樓。

三樓的大宴會廳裡，兀自掙扎的東堂先生已被人群壓制住了。

此時，李白先生的三層電車悄悄地在京料理鋪「千歲屋」門前停下。大宴會廳的欄杆外一片明亮。因爲電車車頂有一盞路燈，正大放光明。

大宴會廳裡靜得連一根針掉在地上也聽得見。似乎沒有人想上李白先生的電車。

注：江戸時代，商家爲了吸引顧客，所使用的一種粗體字。常用於海報、傳單與名牌。

可是，我必須去見李白先生。於是我勇敢地率先前行，跨越欄杆，爬上李白先生的電車。其他人也默默跟著我。

三層電車的車頂草叢搖曳。

浮著水藻的古池，池水盈盈，池岸邊是座蒼鬱的竹林。

「啊，螢火蟲。」有人說。朝那人指的方向一看，垂落在水面的大竹葉後，確實有幾隻螢火蟲發出可愛的微光。

竹林中的燈籠，彷彿在邀請我們。眾人走進竹林，深處有根被燻黑的磚砌煙囪，旁邊則是一座通往下層的螺旋階梯。

爬下階梯，來到一塊狹窄的泥地。

打開嵌著霧玻璃的拉門，蒸氣迎面而來。拉門後有個像瞭望台的櫃檯，附了黃銅鎖的木製寄物櫃占據了整面牆，鋪了木條的地板上擺著置放衣物的籃子。

「這後面是澡堂。」樋口先生告訴我：「樓下是宴會廳。」

眾人排成一列依序下了螺旋階梯，來到一個格局深長的房間。

地上鋪著柔軟的紅地毯，四處擺放了黑得發亮的圓桌與沙發。圓桌上擺滿了酒肴與酒器，準備萬全。

正面深處一座巨大的老爺鐘搖盪著銀色鐘擺，樂音伴隨著雜音自一旁的留聲機流洩而出。

窗邊有個大得連我都能躲進去的青瓷壺，還有抱著葫蘆的狸貓擺飾、大得能用作進行運動會滾球競賽的地球儀；木牆上滿是般若、狐狸、烏天狗的面具，繪著飛躍瀑布的鯉魚之織錦畫，還有張陰森的蝦子油畫。這些毫無關聯的各項物品，隨意裝飾在房內。

在照亮這些奇特收藏的水晶吊燈下，有個一臉福相的老先生。他深陷在棉花糖般柔軟的單人沙發裡，滿面笑容地抽著水菸，發出啵啵聲響。

「各位好。」

李白先生的嘴離開水菸管，以快活的聲音向眾人打招呼。

「想和我較量的，就是這位小姑娘嗎？」

於是乎，這場由參加婚宴、霸王酒會、歡送會與慶生會的酒客匯集而成的宴會，靜靜開展。我與李白先生隔著酒杯相對。

圓桌上放著一個銀色大酒瓶與兩只銀杯子。

比賽規則極其簡單，我和李白先生各飲一杯，喝完便在對手面前將杯子倒放，證明是空的。接著再喝下一杯。若有任何一方宣告無法再喝，或是醉得拿不住酒杯，或是被內田醫生判斷再繼續喝可能危及性命，比賽便結束。

杯中的僞電氣白蘭清澈如水，似乎隱隱帶著一絲橙色。我拿在手裡聞了聞香氣，剎那間，有種眼前開出一朵大花的錯覺。

社長先生、東堂先生與樋口先生陪在我身邊。

「那麼，要以諸君的借款作爲賭注是嗎？若這名女子輸了，借款就加倍。我可不會手下留情。」

三人聽了李白先生的話，重重點頭。

此時，宴會廳深處的那座老爺鐘宣告時間是深夜三點。

受命爲見證人的內田醫生宣布：

「那麼，請開始。」

第一次喝到僞電氣白蘭的感動，該如何形容呢？僞電氣白蘭既不甜也不辣，也不是我想像中的、有閃電在舌上劈過的感覺，只有芳醇的香氣，但沒有味道。本來我以爲味道與香氣是同氣連枝的，但這款酒卻不是。每當酒液含在嘴裡，眼前彷彿有花朵盛開，不留絲毫雜味滑下腹中後，便化爲小小的暖意。這種感覺實在非常可愛，彷彿肚子裡成了花海。喝著喝著，打從肚子裡幸福起來。分明是在拚酒，我和李白先生卻喝得滿面笑容，便是因爲這個緣故。

啊啊，眞好，眞好。眞想永遠這樣喝下去。

愉快地暢飲著僞電氣白蘭，四周的喧囂逐漸遠去，我有種奇妙的感覺，彷彿這個安靜的房間裡，只有我與李白先生兩人互斟對飲。容我說得誇張一些，僞電氣白蘭的味道，簡直讓我所在的世界打從最深處溫暖起來。

一杯，一杯，又一杯。

我沉醉在飲酒之樂，連時間都忘了。我分明沒和李白先生說過話，卻對他生出一股有如面對親生祖父的安心之情。不必訴諸言語，我感覺到李白先生正在對我無聲說話。

「光是活著就夠了。」

我覺得李白先生似乎這麼對我說。

「能喝到美酒就夠了，一杯，一杯，又一杯。」

「李白先生幸福嗎？」

「當然。」

「那眞教人高興。」

李白先生莞爾一笑，悄聲告訴我一句話。

「春宵苦短，少女前進吧！」

將僞電氣白蘭送進肚子，我覺得快樂無比。這酒眞是好喝極了，再多我都喝得下。

儘管暗自希望這場比賽永不結束，但當我回過神來，眼前的李白先生已經停止動作，皺巴巴的手掌蓋在杯口。

「我已經喝不下了。」

李白先生這麼說。

「好了，妳也到此爲止吧。」

霎時，現實世界的嘈雜回到我的身邊。

宴會圈子頓時縮小，眾人包圍住我與李白先生。社長先生拍拍我的肩，樋口先生將手揣在懷裡笑了；而最重要的東堂先生則是癱坐在地毯上，表情宛如被揉成一團的白報紙。

與李白先生的拚酒結束後，那場不可思議的宴會依然繼續。

李白先生請大家喝僞電氣白蘭，因而每個人身上都散發好聞的味道。氣氛融洽和樂，卻又有些令人難爲情，讓周圍一切景色頓時柔和起來。

坐在沙發上的東堂先生和社長先生猛抽水菸，紅領帶大叔和高坂先生向新郎新娘道喜。

酒客聚集在牆上的畫與奇特的藝術品前，議論著眼前物品的價值；還有人到樓上的澡堂洗澡。

羽貫小姐癱在沙發上，與李白先生喝著咖啡。樋口先生轉動著巨大的地球儀，一攔住身邊的人，便高聲發表演說。

「對了，我們今晚爲何要聚會？」我聽見有人這麼問。

至於我，則對有生以來第一次腿軟感到十分有趣，便模仿起拿手的雙足步行機器人，走遍會場每一個角落取樂。我覺得微醺的自己舉止可笑，便想到車頂上去走走。或許是看我東倒西歪地爬上螺旋階梯太過危險，東堂先生忙趕過來，說要陪我一起上去。

「妳要到車頂去抓螢火蟲嗎？」東堂先生問。

上了樓梯，來到車頂的古池邊。

我們在竹葉中尋螢作樂，清涼的風不時吹來，拂動了水面。腦中僞電氣白蘭的酒氣，也乘著涼風四散而去。

「我第一次度過如此妙不可言的夜晚。」東堂先生說。

「眞的，會發生什麼事實在難以預料。」

「要是我那些鯉魚也能回來就好了。不，我這樣就太貪心了。」

接著，東堂先生又一一呼喚心愛鯉魚的名字。

「優子啊——！次郎吉啊——！貞治郎啊——！」

就在此時。

彷彿要回應東堂先生的呼喚一般，古池噗通一聲激起劇烈的水花。

似乎是有東西掉進池裡了。我們向後退。

「是隕石嗎？」東堂先生說。

不顧我們的驚訝，奇妙的不明物體一個接一個在池裡濺起水花。那些自遙遠的暗夜天空墜落的隕石群，在池畔矗立的路燈照耀下，閃耀著或紅、或白、或黑、或金的美麗光芒，濺起陣陣水花。

我和東堂先生目瞪口呆地望著天空。

只見深藍色天空中飄浮著碎棉般淡淡的雲彩，一小撮金色小點散落其中。一開始我以爲那是在天空飛翔的鳥群，但說時遲那時快，小點朝這邊急速接近。

原來那是鯉魚群。

生龍活虎地在空中扭身游動的那一團錦鯉，在路燈照耀下發出金光，甚至連一鰭一鱗都清晰可見。

就在東堂先生爲了保護我挺身向前的那一瞬間，成群錦鯉一齊降落在古池裡。古池四周的竹林颯颯有聲，彷彿午後大雨來襲。劇烈的水花濺起，我們頓時有如籠罩在白煙裡。錦鯉落下期間，李白先生的三層電車好似走在鐵軌上一般，卡噹叩咚地搖晃著。

待水氣散盡，東堂先生望著水池。

「天哪！眞有這種事嗎？怎麼可能！」

他怒也似地朝天空舉起拳頭。

「別瞧不起人了！」

「怎麼了嗎？」

「這是我的鯉魚！我的鯉魚從天上掉下來了！」

接著他突然緊緊抱住我，竟然想要吻我。

眞是太無恥了。

我認爲，此時我應該忠實地聽從敬愛的姊姊的忠告。

因此，我揮動有愛意加持的朋友拳，將東堂先生打進古池裡。

話說，我仍戀戀不忍離去。

我跟著她進了李白翁的電車，但她氣勢如虹地單槍匹馬向李白翁挑戰，我實在不方便靠近。這時那酒品不佳的舊書店老闆又纏住我，強灌我酒。在不快的酩酊之中，我得知搶走我長褲的老人正是李白翁，而一個名叫樋口的男子，竟不要臉地將我的長褲穿在身上。只可惜我已經沒有力氣上前質問了。

眼看她贏得勝利，想上前和她說話，但我醉得煩噁欲嘔到極點，只好逃到車頂。我躲在竹葉之後，望著水邊的螢火蟲，準備將胸中鬱悶一吐爲快。

此時，她與東堂上來，開始在對岸撲螢。

東堂向她綿綿傾訴著對乘風而去的錦鯉的愛，但錦鯉哪可能乘龍捲風而去啊！這種話誰會相信！也只有她才會含淚傾聽。東堂，你最好別太得意！

此時此刻，她就在我眼前。現在若不出聲叫她，恐怕此生就再也沒有機會了。我以池水漱口，準備到心儀的她身邊去。

我蹣跚踉蹌地出了竹林，抬頭深吸了一口氣，望向黑暗的夜空。

正覺有奇異之物從天而降之際，一切都太遲了。只見那奇異之物在路燈光照之下，呈現點點金粉般的美麗色彩——然而這是我最後一個念頭，因為下一秒，我的頭挨了重重一擊，整個人仰天而倒。

天旋地轉啊。即使如此，我仍呻吟著「天地無用」奮力往竹林爬，英勇的表現真是值得讚許。

緊接著金碧輝煌的一群錦鯉從天而降，古池的水濺了滿地，儘管可悲的我渾身濕透，仍未放棄。

看到東堂大喊「我的鯉魚掉下來了！」抱緊她的同時，我滿腔怒火爆發，全身因使命感而震顫。

在漫長而徒然的旅途盡頭，良機終於降臨！若能將她救出東堂的魔手，好好表現一番，便能與她親近交談。這可是千載難逢的好機會。我上輩子敲穿的木魚、平日不知幾時積的陰德，終於得到善報。

我握起拳頭，但這鐵拳立刻成爲無用的長物。

因爲她竟冷靜地掄起拳頭將東堂打入古池。

從自己的過於無能上看出神明的企圖，我仰臥在池畔，正想朝天空啐一口口水，突然，眼前出現了她的臉。短而齊的黑髮微微打濕，反射著路燈燈光；多半是僞電氣白蘭的關係，她美麗的眼睛微帶淚光，眨也不眨地凝視著我。

「要不要緊？」她問。

我唔唔呻吟。

「下面有醫生，我去叫醫生來。不要逞強。」

我發現她正以奇怪的方式握著拳。

我模仿她的拳頭，她輕輕一笑。那正是夜神與僞電氣白蘭所賜予、眞善美俱全的笑容啊。

「這是朋友拳。」

看完那有如豆大福般的拳頭，我便醉得不省人事。

終究無法登上主角寶座而屈居路旁石塊的我的苦澀之旅，便到此結束。就讓我在此含淚揮別：讀者諸賢，後會有期！

以腦袋迎接從天而降的鯉魚、應聲倒下的學長，最後被送進李白先生的書房，接受內田醫生的診療。

雖身屬同一社團，我卻不記得那位學長的名字，實在是愧爲學妹。今晚雖然沒有機會說話，但下次見面時，我一定要記住學長的名字，與學長聊聊這熱鬧的一夜。

確認學長平安無事之後，我悄悄下了電車，站在冰冰涼涼的先斗町石板路上。天空依然黑暗，但可微微察覺黎明的氣息。少女要懂得含蓄，我必須在天亮前就寢。

李白先生的三層電車霸占了漆黑的先斗町街頭，像魔法箱般發著光。其他人想必正在享受宴會結束前的高潮吧。東堂先生一定正在車頂的古池邊被心愛的鯉魚圍繞，笑得合不攏嘴吧。

忽然間，我注意到李白先生正自電車二樓的玻璃窗看著我。我一行禮，他便將銀杯舉向空中，好像在說「乾杯」。

彷彿以此爲信號，三層電車悄無聲息地開動了。

我目送著這熱鬧的燈光消失在先斗町的南邊。

終於，四面八方暗了下來，只剩下我一人。

我在黑暗的先斗町石板路上邁開步伐。

自己是怎麼踏上這段夜晚的旅程，這一刻我已經想不起來了。總之眞是一個有趣至極、獲益良多的夜晚啊。或許只是我自以爲獲益良多也不一定，但這一點並不重要。渺小如雞豆的我，唯有舉步向前，繼續朝美麗而和諧的人生邁進。

我驕傲地抬頭凝望冰冷澄澈的天空，想起李白先生與我對飲時說的話，心情好不愉快。眞想把這句話當作護身咒般吟誦。

於是我喃喃低語：

春宵苦短，少女前進吧！

Chapter 02
深海魚們

我和舊書市集八字不合。

要是在舊書市集裡晃太久，我一定會鬧偏頭痛，變得悲觀，變得自虐，心悸氣喘，最終引發心神中毒。即便回到住處，仍會夢到自己遭玲瓏有致的美女綁在手術台上，被迫吃下裁開的平凡社世界大百科。

因此每到舉辦舊書市集的季節，我沒有一次不憂鬱。我早就下定決心，今年絕不去報到。

然而，事到臨頭，我又被逼上梁山，勢在必行。

誰教她說她要去呢。

她是我大學社團的學妹，我暗戀她許久。

舊書市集的前一天，我從值得信賴的消息管道，得知黑髮少女宣稱「我明天要上舊書市集去」。聽到這消息，我腦海當下浮現一個唯有天啓堪能形容的妙計——逛舊書市集的她找到一本書，興沖沖地伸出了手，沒想到這時竟有另一隻手也伸了過去。她抬起頭來，發現眼前的人是我。我自然是極紳士地主動將那本書讓給她。她有禮地向我道謝，我立刻報以優雅的微笑，約她：「怎麼樣？要不要到那邊的小店喝瓶冰涼的彈珠汽水？」

兩人饒富情趣地聽著如雨蟬鳴，暢飲彈珠汽水，談著彼此在舊書市集的收穫，不知不覺互生好感。此後，只要運用上天賜予我的才能，事情就水到渠成，萬事將依從我描繪的路線運行，終點即是黑髮少女與我攜手同行的玫瑰色校園生活。

就連我自己都覺得這個計畫天衣無縫，宛如行雲流水，過程自然得令人爲之讚歎。待成就好事，我倆日後必定會津津樂道——「回想起來，一切的機緣便始於伸手去拿那本書。」

我的浪漫引擎狂奔疾走，阻無可阻，擋無可擋，終於，我因太過難爲情而鼻血狂噴。

人要知恥，然後去死。

然而，我已無心傾聽內在的知書達禮之聲。

原因無他，誰教在墮落至極的現今大學之中，遇事知恥、行走坐臥守禮守分而得善報者，一人也無。

京都，下鴨神社的參道。

寬闊的參道穿過老樟樹、老檜樹林立的糺之森。時節適逢中元假期，林中蟬鳴大作。

位於那條參道西側的騎射馬場上空，籠罩著異樣的氣息。場中遊人雖多，卻不熱鬧，只聞忌憚四周般的耳語聲，恰似妖怪集會。小河穿過御手洗池流出，南北縱長的馬場上架設了好幾座白色帳篷，人群在縫隙中往來穿梭。儘管身處森林，空氣卻悶熱難耐，有人邊走邊以毛巾擦汗。遊人眼發異光，從一座帳篷走到另一座帳篷，物色著充塞木箱裡的髒東西，不知厭足。

飛揚的深藍色旗幟上，寫著「下鴨納涼舊書祭」。

中午過後，我來到糺之森。

在舊書市集裡亂晃一氣，我很快就累了。無論走到哪裡都是舊書，不見意中少女的身影。再加上此際又是盛夏，天氣悶熱異常。我閒著無事，便反覆練習與她同拿一本書的動作，經過再三鑽研，已逐漸熟習。然而一想到這項特技在其他領域根本派不上用場，又不禁對自己生出一股怒意。

氣鼓鼓如不倒翁的我，身處無止境的書海之中，而眼前的書本就像在對自己說——「大哥，不如讀讀我，稍微變聰明一點如何？」然而，我已經厭倦將希望寄託在它們身上了。讀不了萬卷書，卻又未能拋下書本走上街頭……要讀與不讀之間，傳說中的戀愛玩火已成遠山盡頭的那一方天空。本應如明鏡的心靈生滿塵埃，應當虛擲的青春照例還是虛擲了。

舊書市集之神啊！在賜予智慧之前，先賜給我些許愛情滋潤吧！

在那之後，再給我智慧吧！

馬場中央有張供遊人休息的長椅，上面鋪著墊布。我坐下來擦汗，仰著頭尋求不帶霉味的新鮮空氣，樹梢盡頭可見蔚藍的夏日青空。

我茫然地望著廣場上來去的遊人，其中有邋遢的大叔，也有模樣古板的大學生，有散發藝術大學氣質的時髦女大學生，也有留著仙人鬍的老先生，男男女女以汗濕的手捧著舊書，這景象眞是熱也熱死人了。

突然間，我心頭一凜。

在一家舊書店前，有個嬌小女子正捧著一本文庫本認眞細讀，配合夏天剪短的黑髮光豔動人，那背影與她極為相像。自她入社以來，我便癡癡追隨她的腳步，注視著她的背影，望了又望，長達數月之久。因此對於她的背影，我可說是「世界權威」，絕不可能看錯的。

我猛然站起。

然而前腳剛跨出去，便與一個孩子撞個滿懷。

孩子腳步不穩轉了好幾圈，最後跌了一大跤。我也被撞得搖搖晃晃，不禁咂了咂舌，瞪了這擋人情路的孩子一眼。男孩大約是小學高年級的年紀，雖未高聲叫嚷，但那雙美得驚人的大眼睛轉眼蓄滿淚水，視線聚焦在我的胸前。低頭一看，一個霜淇淋的殘骸竟黏在我的襯衫上！應該是少年剛才在舔食的吧。

「可惡！要怎麼賠我？」我低聲罵道：「又濕又黏的。」

「在罵人之前，應該先向我道歉才對吧？」少年拍去身上的沙塵，以沙啞的成熟聲音說道：「搞砸了別人的樂趣，連道個歉也不會？」

然後，他傲然指著黏在我衣服上的霜淇淋。

「你要賠我。」

那不由分說的氣魄使我無言以對。

少年抓住我的手，硬要把我拉到賣霜淇淋的攤販前。

「慢著慢著，你幾歲？」

「剛滿十歲。那又怎樣？」

「我知道了，是我不好。」我道歉，「我會賠你的，你可別拉我。」

看來降臨在這舊書市集、與她共譜的玫瑰色未來，即將離我遠去了。

只見她手捧文庫本專心一志讀著書，模樣可人，想必是找到了讓她深深著迷的一本書。俗話說，戀愛的少女最美。但區區一本髒兮兮的舊書就騙走了她的心，這究竟算什麼？我的心憤憤發出不平：憑那幾張黃紙！

我釋放足以燒黑她後腦杓的灼熱視線，在心底呼喚：

有空讀那種東西，不如讀我吧！我的腦袋裡可是寫了許許多多有趣的內容啊！

請容我在此解釋，當時我讀得忘情的，是傑洛德．杜瑞爾（Gerald Durrell）的《鳥、野獸與親戚》。

那一天，是我値得紀念的舊書市集出道日。

踏入下鴨神社的森林，沐浴在蟬鳴中，看到那無止境的舊書洪水的那份感動，勢必令我終生難忘。一想到可能在這片舊書大海遇見許多美妙的書，我便不由自主地發起抖來，忍不住挺起胸膛。在舊書市集的入口，我踩起雙足步行機器人的步伐，以表達心中的喜悅與幹勁。

南北延伸的馬場兩側滿是舊書攤，教我看得目眩神迷。右邊的舊書攤呼喊著「我這的書有趣喔」，左邊的舊書攤便嚷道「這邊的更有趣」。我像隻琵琶湖疏水道的螢火蟲，爲可口的清水所誘，惶惶然不知所措。這麼一來，只好沉住氣全都看上一回了。

如此這般，我遇到了《鳥、野獸與親戚》。

這本位於每本一百圓的文庫架上的書，彷彿是自己探頭來似地呼喚著我。我不禁「啊嗯」一聲，發出連自己都覺得冶豔的滿足嬌聲，將它捧在手裡。這也難怪，因爲我對《鳥、野獸與親戚》無時或忘。我中學時讀過《我的家人與其他動物》這快活無比的故事，認識了傑洛德·杜瑞爾這個作家，聽說有續集以來飛快地好幾年過去了，而今天，人生初次涉足舊書市集便遇見夢寐以求的書，除了僥倖還能說什麼呢？

而且我自國中便想要的書，竟然只要百圓硬幣一枚！對荷包不牢靠的我而言，實在太教人感激了。萬歲！這就是所謂的「新手運氣」嗎？還是我有逛舊書市集的才能呢？我更加興奮了。

我笑得合不攏嘴，頂著一張連自己都覺得詭異的怪表情走在路上，這時，一個坐在馬場中央的納涼座上的浴衣男子，喊了一聲「喂」叫住我。對方將當天的收穫堆在墊布上，拿著手巾悠然擦著頸項，一副陶醉在勝利美酒中的模樣。在他身旁有一位撐著古傘，年約三十五歲左右、身穿和服的女子。她獨自讀著織田作之助全集的散本。

「樋口先生，好久不見。」我行了一禮。

樋口先生滿臉笑容。

「從那一晚以來就沒見過面了。妳好嗎？還是照樣在喝？」

「託您的福，我很好。可惜，沒有什麼機會喝酒。」

「那麼下次找個時間去喝吧。羽貫也很想妳。」

「羽貫小姐今天沒來嗎？」

「她討厭舊書，說想收藏這種髒不拉嘰的東西的人都是笨蛋。」

我是在夜晚的木屋町認識樋口先生的。

那一夜，我在他與羽貫小姐的帶領之下，度過了一個委實奇異有趣的夜晚。他們倆教我如何盡情享受夜生活，讓我獲益良多。我們一起喝了許多酒，說了很多話，然而對於他的來歷我卻一無所知，也不知道他爲何總是穿著浴衣。

「我請妳吃炒麵吧。」

樋口先生站起來。

「那怎麼行，怎麼能讓樋口先生破費……」

「就是啊。要我請客大概四分之一個世紀才有一次，不過今天沒關係，因爲今天有所斬獲。」

樋口先生得意洋洋地亮出幾本書。

那四本裝幀相同的書，令我想起祖母家客廳的懷舊色澤，上頭寫了一些《查士丁》（*Justine*）、《巴爾薩澤》（*Balthazar*）等令人費解的書名。據說是一位叫勞倫斯．杜瑞爾（Lawrence Durrell）的作家所寫的小說「亞力山卓四部曲」（The

Alexandria Quartet）。啊啊，光看封面就散發著與我無緣的「文學」的味道，讓我更加尊敬樋口先生了。我想樋口先生那種將無用發揮得淋漓盡致的生活方式，以及韜光養晦的生活哲學，一定是以深厚的教養為基礎養成的。一定是的。

但是，樋口先生卻說他對那些書沒興趣，也不知道內容為何。

「有朋友想要這些書，我要出高價賣給他。而且，今天還有別的賺錢差事，妳就放心跟我來吧。」

樋口先生以包袱巾將書包妥，領先走向前。

「告訴妳，這些沾了墨水的破紙，可有不少人要出高價買呢。」他感歎地說。

「書本這種東西，還真教人不能不感謝啊。」

就這樣，我們來到馬場南方的一處攤位，路上我還看到了社團的學長。只見他意氣消沉地走在馬場的另一邊，朝北走去，身旁跟著一個可愛得像女孩的少年。少年舔著霜淇淋，一手緊緊抓著學長的襯衫下襬。

「是學長的弟弟嗎？」

我目送著學長，朝炒麵攤走去。

我可不是自願帶著這個不討人喜歡的少年四處走的。

「我已經買霜淇淋給你了，你滿意了吧。快走開！」

「才不要。」

「喂，不要拉我的襯衫。」

「何必如此無情。」

「你這是什麼話啊？幹嘛用老頭子的口吻說話？」

「因爲我的心智年齡超群，比你還成熟。」

「對年紀較長的人說話要有禮貌。小孩子就是這樣才討人厭。」

「這叫做同性相斥。」

我停下腳步，回頭瞪了那歌舞伎調調的少年一眼，但他絲毫不爲所動。

這名瘦削的少年站在馬場上，一隻手插在短褲口袋裡，另一隻手拿著霜淇淋甜筒，伸著舌頭扮鬼臉似地舔著，定定地抬頭看著我。他柔軟的栗色頭髮在熱風中搖曳，眼睛又大又漂亮，睫毛又濃又長，彷彿每次眨眼都會搧起風似的。要不是講起話來像個可恨的老頭兒，看上去就像個女孩子。

我邁開腳步。

「隨便你，總之別再跟來了。我可是很忙的。」

「喊忙的人最閒了，因爲對自己閒著有罪惡感，才會到處說自己忙。再說，眞正忙的人根本不可能會在舊書市集閒晃。」

「就說你是小鬼！」

我一笑置之。

「忙中閒，閒中忙。在你這種小鬼眼裡，我看起來或許像在閒晃，但我的心智這時候可在飛快活動，你看到的不過是颱風眼。」

「騙人，這些話你是現在才掰出來的吧。」

「住口。隨時眼觀八方，連一根針落地都不能放過，若不把神經繃緊到這種程度，就無法在混沌的舊書市集中尋寶。要是抱著扮家家酒的心情，可會受傷的。」

「可是你在找的又不是書。」少年譏笑，「是女人。」

「不要亂講！」我叱喝，「而且，小孩子不可以隨便說什麼『女人』，至少也要說『姊姊』。」

「你要找的是個黑髮剪得短短的小個子吧，膚色白白的。」

我轉身抓住少年的肩膀。那纖瘦的身子像個傀儡般搖晃，但他的眼神不見絲毫退怯。這孩子不簡單！

我悄聲問：「喂，你怎麼知道的？」

「撞到我的時候，你正不知羞恥地死盯著店頭一個女生看，看到那模樣還不知道，我又不是白痴。」

我放開少年的肩膀，幫他撫平衣服的皺摺。

「了不起。」我說：「我可是在稱讚你，你要知道感謝。」

「這有什麼好感謝的。」

少年說著咬碎了甜筒，發出清脆的聲響。

這時，一個有著巨大羽翼的鳥影，自北而南滑行而過。

一個大黑影忽地從頭上掠過，可能是鳥吧。

我和樋口先生吃著炒麵，思考著與書之間的種種巧合。

例如，遇見自己尋覓多年的書，腦中隨意想到的書突然出現在眼前。又或者，買回好幾本內容毫無關聯的書，卻發現書中有針對同一事件或人物的章節。更極端的例子，像是在舊書店發現自己以前賣掉的書。

畢竟有這麼多的書被人買賣經手，在世上巡迴，會發生這樣的巧合或許也不足爲奇。我們總在下意識之中選擇與某本書相遇，又或者自以爲是巧合，但其實不過是我們看不見錯綜複雜的因果絲線罷了。即使心頭雪亮，但是每當碰上這類巧合，我總覺得那是一種命運。我是相信命運的人。

吃完炒麵肚子圓滾滾的我，撫著《鳥、野獸與親戚》的書皮，將這些想法告訴樋口先生。

「那些不可思議都是由神明主宰的。」

樋口先生信口說道。

「妳知道舊書市集之神嗎？」

「不，我從沒聽說過。」

「發生在舊書市集的不可思議之事，其實都是由舊書市集之神掌管的，像是幫助人們與意中書幸福相會，透過舊書撮合男女，或是爲舊書店導演戲劇化的大生意。那些死性不改的收藏家，平日都會在自家神壇供奉這位神祉，每天早晚一拜。更重要的是每個月初要虔誠祝禱，供奉舊書，然後，當晚得在神前舉辦大宴會兼讀書會，徹夜大讀舊書，也大啖美食。只要是收藏家，無論多忙，都不會忽略這個儀式，因爲舊書市集之神既能搓合收藏家與意中書，也能施予可怕的天譴。」

「究竟是什麼樣的天譴……」我不禁嚇得發抖。

「對神明不敬的收藏家，書庫裡的藏書很可能會一夕消失。舊書市集之神會把書從書庫裡搶走。」

「好可怕！」

樋口先生露出志得意滿的詭異笑容。

「據說舊書市集之神會以各種姿態出現，沒有人知道他眞正的模樣。有時他會以國字臉的眼鏡男造形出現，有時是老學究，有時是洗練優雅的和服美人，有時是紅顏美少年，有時是不知爲何身穿褪色浴衣、年齡不詳的男子，又有時是黑髮的少女……。神明可能喬裝成各種模樣降臨在舊書市集，混在喜愛舊書的人群當中，到各店巡迴，悄悄將意想不到的貴重古籍放在書架上。再怎麼說，那都是神明下的手，即使舊書店老闆也沒有察覺店裡多了書。據說神明留下的書，都是從不肖收藏家那裡篡奪而來的。」

我的思緒早已飛到家裡的藏書上。一想到自己竟然從不曾祭拜舊書市集的神明，我連忙雙手合十，念著「南無南無」眞心祈禱。這是我自己發明的萬能祈禱文，從大字不識看圖畫書的幼年時期便經常愛用。

「沒錯，祈禱多多益善。南無南無！」

「南無南無！」

「出版的書被買走，然後又被脫手，直到來到下一個主人手中，書本才算重生。書就是這樣幾經復活，在人與人之間建立連結。正因如此，神明才會屢屢無情地將書自人世間解放出來，那些居心不良的收藏家最好小心一點！」

樋口先生宛如降臨在毯子上的神明，朝著夏日天空呵呵大笑。

這時他仰望天空，說著：「天有點陰了。」

剛才還萬里無雲的夏日晴空開始時陰時晴。

深灰色綿絮般的雲彩在樹梢後探頭露臉，天氣更加悶熱。一想到可能會下午後雷陣雨，我便感到焦躁。再這樣下去會找不到她，只能任由雨與淚將我打濕。

我自命爲她的背影世界權威，卻無法發揮本領，這全都要怪那個硬跟著我的少年。他分明侵害了上天公平賜予世人的、追求心儀黑髮少女的權利啊。

每當我試圖打開腦中的雷達搜尋黑髮少女，少年便會以裝模作樣的口吻，多嘴長舌地吐我槽：「喔，在找意中人嗎？」儘管聽了不痛快，我也不得承認「意中人」這個說法實在奧妙。

「如果不是找意中人，」少年扯著我的襯衫問：「那你又是在找什麼書？」

「你很煩耶。超硬超難的書，小孩子不懂的。」

「是《日本政治思想史研究》，還是《查拉圖斯特拉如是說》，還是《邏輯哲學論考》，這類艱澀又被世人捧得很高的書嗎？」

「你竟然能把那個什麼查拉、圖、斯特拉一口氣說出來，都不會咬到舌頭啊。」我驚訝地說：「小孩子怎麼知道這種書？」

「因爲我什麼都知道啊。」

原以爲這孩子只有長相可愛可取，沒想到他對書籍博聞強記，令我大受震撼。我碰的書他沒有一本不知道，讓我的自尊心在夏日晴空下徹底粉碎。

南北縱橫的馬場上，各家舊書店都以書架圍出自己的根據地，儼然舊書要塞。赤尾照文堂、井上書店、臨川書店、三密堂書店、菊雄書店、綠雨堂書店、萩書房、紫陽書院、悠南書房等，爲數眾多的舊書店一字排開。馬場上滿是書架，從哪裡到哪裡是哪家舊書店的地盤根本無法判斷，給人混沌可怕的印象。書架之間的樹蔭和帳篷下擺有小桌小椅，老闆與工讀生就在那裡磨刀霍霍，等候客人上門。

一想到眼前數萬冊的成群書脊之中，即將爲我的生涯開闢光榮新天地的那天賜一冊就在其中，我便飽受折磨。我彷彿聽到書本開始叫嚷：「你連我都還沒看過不是嗎！要不要臉啊！沒有用的飯桶！」「看看有骨氣的書，磨磨你的志氣，好比像我這種書。」「只要看了我，保證要什麼有什麼。知識、才能、毅力、氣魄、品格、領導能力、體力、健康、光澤豔麗的肌膚，就算希冀酒池肉林也能如你所願。什麼，不需要酒池？那不重要，總之先看了我再說」等等。

「大哥，我看你還是不要勉強的好。」

少年倚著一個擺滿文庫本的書架說。

「看不懂那些艱澀的經典又有何妨？別打腫臉充胖子，好好享受難得的緣分吧。」

「你這小子的安慰根本沒有用。」

「其他有趣的書要多少有多少啊。所謂少年易老學難成。」

「這話你沒資格講。」

「就是因爲我才能講。」

說著，少年露出一抹不屑的冷笑。

「記得曾在書上看過，有人說想把這輩子讀過的書全部依照順序排在書架上。妳也會希望這麼做嗎？」

樋口先生邊走邊說。「我自己倒是沒看過什麼書，排起來也沒看頭……」

我回想過去讀過的書。最近讀過的有奧斯卡．王爾德的《格雷的畫像》，還有瑪格麗特．米契爾的《飄》，其他還有谷崎潤一郎的《細雪》、圓地文子的《生神子物語》、山本周五郎的《小說日本婦道記》。當然也不能忘記萩尾望都、大島弓子、川原泉。回到小學時代，我又想起各種兒童文學。羅德．道爾的《瑪蒂達》、凱斯特納的《小偵探愛彌兒》和《會飛的教室》、C．S．路易斯的《納尼亞魔法王國》、路易斯．卡洛爾的《愛麗絲夢遊仙境》。如果再回溯得更遠一點——

於是，我想起了「拉達達達姆」這幾個字。

對，還有《拉達達達姆》啊！

與那如寶石般美麗的圖畫書相遇時，我還是個雞豆大的小不點兒。那時的我沒有文明人辨別是非的教養，還偷偷把一圓郵票貼在家裡的櫃子上，整天以爲非作歹爲樂。小時候的我是個壞小孩。

《拉達達達姆——小小機關車的奇妙旅程——》，在講一個名叫馬迪亞斯的男孩做出一輛小小的純白機關車，後來機關車追隨踏上旅程的馬迪亞斯，展開一趟不可思議的冒險。書裡插圖夢幻美麗，記得當時我熱切地看著那些插圖，一心也想到書中出現的那些風景走走。看著那些跨頁插圖所展現的不可思議的國度，我的想像也無邊無際展開，怎麼看都看不膩。

我向樋口先生訴說這段過往，同時深深懷念起這本已不在手邊的圖畫書，爲之心痛不已。

「我怎麼會把書弄丟了呢！」我呻吟道。

儘管曾經如此熱愛，我卻因爲往後人生遇見的一本本新書變了心，冷落了那本有恩於我的圖畫書。記得我甚至還把名字寫在書上呢。我這負心之人！不知羞恥的東西啊！

在樋口先生的提議下，我們決定前往位於馬場北邊的圖畫書區。

「○○書店，○○書店負責人，請到本部。」

自擴音器傳出的廣播，振動了舊書市集慵懶的空氣。

聽到擴音器傳出的播報時，我正在馬場西邊那排舊書店漫無目的亂晃。

正當我呆呆出神，一個穿西裝的老人突然硬是把我撞開。我怒從心起，便追了上去，只見對方飛也似地衝進一家氣氛詭異的舊書店。那家店沒有標示店名，以巨大的書架圍住帳篷，店裡陰陰暗暗的，讓人不禁怯步。裡頭不見半個顧客。見我一直從狹小的入口朝店裡張望，少年便說：「我不想進去。」

「大哥，勸你最好也不要進去。吶，苗頭不太對喔。」

「那你就閃一邊去，我要進去。」

「嗟！壞心眼的傢伙。」

少年說完，果真不敢進來。他在店外晒了一會兒太陽，終於不滿地轉身離去。

那家舊書店以書架隔出兩條通道，格局深長。

結帳櫃檯設在店內深處，只見戴著黑框眼鏡的老闆和一個白髮雜亂的老人正在那裡高聲爭論。

「你再等一陣子吧。」戴黑眼鏡的老闆手撐臉頰，冷冷地說。

「不能先讓我看現貨嗎？」老人並不放棄。

見舊書店老闆搖頭，老人擺出一副想拿手上的黑色小記事本攻擊店主的狠勁。

「你這麼做也只是白費力氣。」老闆不以為意地說。

儘管不明白他們在爭論什麼，但我想一定是可怕的事。這時老人發覺我在偷看，狠狠瞪了我一眼，像是在說：「你看什麼看！」

「好吧，那我就再等一陣子。」

說完，他便像風一般穿過通道，到外面去了。

原以為這個攤位是由兩條通道構成，但我這時發現，結帳櫃檯旁邊還有一條右彎的通道。

大多數的攤位都把書架排在帳篷四周，這家店卻利用書架的擺設，把攤位搭得像棟建築物。自櫃檯向後延伸的通道，兩旁是高高的書架，上面架著美耐板當作天花板。自天花板垂下的電燈泡營造出詭異的氣氛，讓這條堆滿了書的通道像是通往神祕迷宮的入口。只見通道又向左彎，那後面就是我未知的世界了。搞不好在通道盡頭的，是個不登大雅之堂、教人目眩神迷的猥褻世界。

我擦掉額頭上的汗。
「先生，這後面很熱，最好不要進去。」
黑眼鏡老闆凝望著店外說。說話時他刻意避開了我的視線，舉動很不尋常。
「你也不想中暑而死吧。」
說完，彷彿可笑之至般，他咕咕笑了。

時間已過下午三點。天上雲多了一點，天氣有些悶熱。
我在圖畫書區找到許多令人懷念的圖畫書，卻獨獨不見《拉達達達姆》的身影。這也難怪，我想應該沒有人會把那麼美麗的圖畫書賣給舊書店，這麼一想，更是覺得輕易丟掉這本書的自己是多麼罪孽深重，不禁又在內心埋怨：我眞是個沒有用的飯桶！
或許是我和樋口先生死盯著圖畫書書脊的模樣很可笑，一個可愛的少年向我搭話。

「姊姊，妳在找什麼？」

仔細一看，他就是剛才跟在學長身後的那個孩子，近看更是可愛極了，教人看得出神。他身邊不見學長的身影，看來剛才以爲他是學長的弟弟，是我誤會了。

「我在找一本圖畫書，主角是部叫做拉達達達姆的機關車。」

「我看過那本書。」少年說：「裡面有個小不點馬迪亞斯對不對？」

「對對對！你在哪裡看到的？」我興奮地喊著。

「以前我家有，可是現在已經沒有了，被壞人搶走了。不過這裡可能有，我幫姊姊一起找吧？」

「那眞是多謝你了。」

於是少年也一起幫我找《拉達達達姆》，卻怎麼找都找不到。看我垂頭喪氣，樋口先生便說：「還有一個辦法。」

「委託舊書店找就行了，去拜託峨眉書房的老闆吧。」

「找得到嗎？」

「他一定會幫忙的，放心吧！」

樋口先生挺起胸膛自信滿滿地說：

「那個老頭對黑髮少女特別偏心。他人雖差勁，這種時候倒很管用。」

我想向那個幫忙找書的少年道謝，但四下一看卻不見他的身影。他眞是個如夢似幻的少年啊。

我可不是採納那個少年的提議，只是決定放棄尋找隱身於舊書市集那光榮一冊的念頭。在那之後，我去逛了那些熟悉的書本。

就在我放鬆心情在書架間走動時，那少年又出現了。

「我像個小孩子去圖畫書區逛過了，要是你也一起來就好了，你的意中人就在那裡。」

「什麼！」

「她在找一本叫《拉達達達姆》的圖畫書。」

「哼，我才不會上你的當。」我說：「那是什麼怪書名？怎麼可能有那種書。」

「眞的有啊。」

「拜託，你到別的地方去好不好？幹嘛老跟著我？」

「只是我們的目的地剛好相同罷了，別放在心上。」

我不理會少年，開始物色書本。

首先找到的是由巴瑞格德（William Baring-Gould）做了龐雜註釋的「福爾摩斯全集」，然後是儒勒・凡爾納的《桑道夫伯爵》（*Mathias Sandorf*），接著瞄了幾眼大仲馬的《基督山恩仇記》套書，看見大正時代出版的黑岩淚香的《巖窟王》以塑膠帶包得漂漂亮亮地擺在那裡，內心一陣驚歎，再翻翻山田風太郎的《戰中派黑市日記》，瞥見橫溝正史的《藏中鬼火》時想著「封面的畫果然嚇人」，又驚見薔薇十字社出版的渡邊溫《雌雄同體之裔》鄭重地供在書架上，接著又在「任選三本五百圓區」發現新書版「谷崎潤一郎全集」的散本便讀了起來，又在同一區發現新書版「芥川龍之介全集」的散本又看了起來，不久看到福武書店的「新輯內田百閒全集」，這下我真的猶豫了，然而我還是沒有打開荷包，而是轉而翻翻三島由紀夫的《作家論》，讀讀太宰治的《御伽草紙》。

看著太宰，我想起寄宿處有前往東北地方旅遊時自斜陽館買回來的色紙，想起上面寫著「愛上妳有錯嗎」（注・見P119），想起永不願再追憶的高中時代洋相百出的初戀，繼而又想起我在疲勞困頓中徘徊於舊書市集的根本原因。這下，就連對於回憶相當經得起打擊的我，也被打敗了。

於是我再次回到馬場中央的那個納涼座，打算讓雙腳和心都休息一番。

少年坐在一旁，玩弄著手上的大把紙片。紙片上一一寫著價錢與書店名，看來應該是附在舊書上的標價紙。

「喂，你這是幹嘛？你會被舊書店的老頭修理喔。」

「你別管。這些等一下會派得上用場。」

少年將手上的紙片仔細分類，像玩樸克牌般替換順序。

我嘆了一口氣，趁著少年專心於他的惡習，尋找她的身影。

我沒找到她，倒是找到幾個與眾不同的怪人。

首先注意到的，是坐在旁邊那個納涼座上的和服美人。和服縱然引人注目，但她撐著陽傘端坐著專心讀織田作之助全集的模樣也不尋常。該如何評定她，就看她究竟知不知道自己在做什麼。

坐在那女子身旁的，是一個白頭蓬髮、身瘦如鶴的老人。只見他氣勢驚人地專心讀著湊到鼻尖前的黑色記事本，彷彿隨時可能大口啃起記事本，令人想起那個惡名昭彰的舊書老妖。

此外，還有一個矮個子的大學生站在納涼座旁。他戴著四方形黑框眼鏡，臉是四方形的，放在腳邊那只看來沉甸甸的鋁合金手提箱也是四方形的。看來，「有稜有角」似乎是他貫徹的信條。奇怪的是，他正專心一志地看著電車時刻表。

我一邊發著呆，一邊任憑想像力飛馳。

夏日的舊書市集表面上平靜慵懶，然而在水面下，大規模的舊書竊盜集團正要將計畫付諸實行。那端坐一旁讀著織田作之助全集的少婦便是首領，將計畫以暗號寫在黑色記事本裡、細心做最後確認的老人是軍師，而在鋁合金手提箱裡裝了齊全道具的方臉男，則是一手包辦開鎖、僞造古書等特殊技巧的技師（兼鐵道迷）。人人爲我，我爲人人。

而他們的目的只有一個——

注：斜陽館爲太宰治紀念館，位於青森縣五所川原市。「愛上妳有錯嗎」出自於太宰治改寫的〈卡嘁卡嘁山〉（カチカチ山，原爲日本民間故事），描寫狸貓（中年男子）愛上冷酷的白兔（美少女）後，慘遭白兔折磨，臨死前所喊的最後一句話。

——將舊書自惡毒的收藏家手中解放。

樋口先生如此宣告，峨眉書房老闆說聲「原來如此啊」，便放聲大笑。

這位老闆高齡應該超過六十了吧，毛髮幾乎掉光的頭頂光可鑑人。他肩上掛著白毛巾，頻頻擦頭，但擦了又擦，有如大茶壺般的頭還是不斷冒出汗水。這番光景實在不可思議。

突然間，老闆轉向我。我正專心鑑賞他的光頭，連忙轉移目光。

「小姐，妳可不能把這種滑頭道人的話當眞。」

「難道收藏家不是每個月初都要供奉舊書，大開宴會嗎？」我問。

「那還用說，如果眞是這樣就有趣了。」老闆苦笑著說：「喂，樋口先生，你開玩笑也開得太過分了。」

「這不是玩笑。我對天發誓，這是眞的。」

「從你嘴裡說出來的，除了玩笑沒有別的。」

此時此刻，我們位在馬場北邊盡頭峨眉書房的攤位。

我們抵達時，老闆和太太在以書架隔間的攤位內打著收銀機。一見我和樋口先生，老闆便將事情交給打工的大學生，領著我們到店鋪後方的樹林裡。鐵罐裡的蚊香香煙裊裊，樹下擺放著小小的餐桌和椅子，這裡就像「森林裡的祕密基地」，用來辦午後茶會再適合不過了。

我拜託老闆幫我找圖畫書《拉達達達姆》，老闆爽快地一口答應。

接著我們三人喝茶聊天，樋口先生提到了舊書市集之神，於是便出現上述的對話。

老闆覺得有趣地笑了，咕嚕咕嚕喝下從魔法瓶倒出的熱茶。

「什麼從收藏家手裡解放書，對收藏家來說，那可眞是多管閒事。不過這樣他們就得重新再找一次書，對我們舊書店來說倒是好事一件……話說回來，要是那位神明也到今天的拍賣會來了，那可就不得了。」

「如果我是神明，差不多也該懲罰李白先生了。」

「玩笑不要亂開。」

老闆瞪了樋口先生一眼。

根據老闆的解釋，在今天這個舊書市集一角，將舉行一場個人拍賣會。主辦人是李白先生，我曾經一度與這位老先生互斟對飲過。李白先生外表看來是個慈祥的老爺爺，但聽說他是個富可敵國的有錢人，同時也是無血無淚、窮凶惡極的高利貸業者。

今天要拍賣的書，是被李白先生占爲己有的借款抵押品。據說這場拍賣會不是以金錢交易，而是會展開一場以性命相搏的流血死鬥。因此，若不是執著超乎常人，是得不到意中書的。但相對的，李白先生也打包票，獎品保證大有來頭。

老闆悄聲說：

「老實說，我對古典書籍向來沒轍，不過聽說會有些了不得的東西。近代一點的，則有岸田劉生住在岡崎時遺失的日記。這話要不是李白先生親口說的，我也不會相信。」

「所以只要拿到那本日記就行了？」

「拜託你了。由你出馬，應該能贏。」

這場祕密拍賣會舊書店不能參加，因此樋口先生受峨眉書房老闆暗中委託，代爲出場。樋口先生所說的「賺錢差事」就是指這件事。

「這次的拍賣會要比什麼？」

老闆挑起一邊臉頰邪邪笑著。這時天色暗了下來，簡直就像黃昏時分。坐在樹蔭下的老闆，笑容帶著狠勁。

「會如何舉行，事前誰也不知道。只有在李白先生的試煉中得勝的人，才有權要一本書。但這可不是什麼輕鬆如意的比賽，挑戰者得面對超乎想像的試煉，卑微地伏拜在地，失去一切，包括自尊。而李白先生就拿這番情景來下酒——」

就在此時，頭頂上的樹葉開始沙沙作響，正在想會是什麼呢，便聽颯的一聲，馬場被白煙所包圍。

「哇啊！下雨了！」

老闆從椅子上跳起來，飛奔去保護商品。

所幸我們所在之處是一棵大樟樹底下，不會淋到雨。我和樋口先生悠閒地坐著，繼續開茶會。

樋口先生點起香菸。

前一刻的悶熱倏地消散，空氣中瀰漫著一股教人懷念的甜甜雨味，讓我想起以前在這樣的下雨天，曾在自家廊簷下讀圖畫書的回憶。

聞著雨甜甜的味道，我佇立在舊書攤的帳篷下。那個少年就站在我身邊。忽然下起的驟雨讓四周一陣大亂，但此刻騷動也告一段落。西邊天空露出藍天，我料想雨很快就會停了。

環視四周，我發現對雨不以爲意、照舊挑書選書的遊客很多。剛才被我擅自視爲舊書竊盜團的那三人，尤其令人驚訝。原本在納涼座休息的遊人都各自去躲雨，馬場中央空無一人，但那三人仍撐著傘在同一地點奮戰。

「我說，大哥。」

少年突然小聲說，舉起瘦弱的手臂，做出拋玩隱形溜溜球的動作。

「父親大人曾對我說，如果像這樣抽出一本書，舊書市集就會像一座大城般浮在半空中，因爲所有的書都是相連的。」

「什麼跟什麼？」

「你剛才看過的書也一樣，要不，我串連給你看吧？」

「來啊。」

「一開始，你發現了「福爾摩斯全集」，作者柯南．道爾寫的《失落的世界》可說是科幻小說，而這是因爲他受了法國作家儒勒．凡爾納的影響。而凡爾納會寫《桑道夫伯爵》，則是因爲尊敬大仲馬。日本翻譯大仲馬的《基督山恩仇記》的，是主持《萬朝報》的黑岩淚香，他曾在《明治巴別塔》這本小說以劇中人物出場，而小說的作者山田風太郎在《戰中派黑市日記》當中，以一句『劣作』作評不屑一顧的作品，是一本叫《鬼火》的小說，這是橫溝正史寫的。橫溝正史年輕時擔任《新青年》雜誌的主編，而與他攜手合作編輯《新青年》的，是寫了《雌雄同體之裔》的渡邊溫。他因公務造訪神戶，所搭乘的轎車與火車相撞，意外身亡。以〈春寒〉這篇文章追悼他的，是常受渡邊之邀寫稿的谷崎潤一郎。而在雜誌上批評這個谷崎、展開文學筆戰的是芥川龍之介，芥川在筆戰的數個月後自殺身亡。以他自殺前後的情形爲靈感創作的，是山田百閒的《山高帽子》，而讚賞這百閒的文章的，則是三島由紀夫。三島在二十二歲時遇見一個人，當面對他說『我討厭你』，那個人就是太宰治。太宰自殺一年前，爲某個男人寫了一篇追悼文，說『你表現得很好』。受到太宰讚許的那個人，便是死於結核病的織田作之助。你看，那裡就有人在讀他的全集散本。」

少年指著那個坐在納涼座撐著傘的和服女子，她看的確實是織田作之助全集的散本。

「你該不會是妖怪吧？」

聽我目瞪口呆地這麼說，少年便說：「我無所不知。」

「父親大人經常帶我到這裡來，告訴我所有書都是相連的。我一來到這，就能感覺到所有的書全都平等而自在地串連在一起，而這片書海，組成了一本大書。父親大人一直希望他死後，也能將自己的書歸還這片書海。」

「你爸爸過世了？」

「是啊。所以我今天才會來這裡。我身負使命，要將父親大人的書歸還這片書海。」

少年指著雨勢漸歇的天空。

「我要將書從惡劣的收藏家手中解放。我是舊書市集之神。」

眼見雨勢轉小，我再度在舊書市集走動。一想到躲雨的她那清純的模樣，我又更爲她的魅力心折。

「像你那樣成天胡思亂想，對腦袋和身體都不好。」

少年又撕起舊書的標價紙，小聲地說。

「啊，你又在亂來了！」

「不要你管。」

「我怎麼能不管！混蛋！」

就在我們爭論期間，蓄著八字鬍的老闆來了。他看到少年手裡的標價紙，臉色很難看。

「眞是傷腦筋。你在做什麼？」

我佯裝無事。少年則默不作聲。

「把你手上的東西交出來。」

老闆說著逼近少年，不料他突然哇地大哭出聲。

「這個大哥哥說，我不這樣他就要對我那樣，我好怕那樣啊！」

剛才一直以老成口吻取笑我的少年，竟開始以難以想像的稚嫩童聲放聲大哭。

我正想這傢伙個性眞壞，舊書店老闆就把攻擊的矛頭指向了我。

「這是怎麼回事？你對這孩子做了什麼？」

「咦？我什麼都沒做啊！」

「這孩子說他是受你指使才這麼做。」

舊書店老闆抓住我的手。

「你給我解釋清楚，不然我叫警察了。」

「我哪知道啊！別開玩笑了！」

「是啊，這可不是開玩笑的事。」

這下雙方各執一詞。

我是個極其誠實之人，誠實就像菁華滷汁從我內心滲出，藏也藏不住。然而這舊書店老闆卻把我當作在背後操縱這可憐少年的邪惡化身。他想必誤以爲孩子都是純潔的，錯當愈美的孩子愈純潔。世人常常忘了，正值青春的灰頭土臉大學生才是全世界最純潔的生物。

不久，在旁觀這場騷動的人群中，走出一位三十開外的微胖男子。

「這人是我朋友……」他說。

「哦，是千歲屋啊。你好。」舊書店老闆點了點頭。

「這人不會做那種事的，是那孩子不好，剛才我也看他在別的地方幹出同樣的事，胡鬧了一場。」

眾人尋找少年的身影，但他早已趁亂逃走了。

替我解圍的，是先斗町一家叫做「千歲屋」的京料理鋪的小老闆。以前我在木屋町和先斗町一帶徘徊時，曾因某些因緣造訪他的店，他似乎還認得我。

「我不是要你報恩，不過確實有事相求。」

千歲屋小老闆說著拉起了我的手。

「在這裡相遇也算緣分，有一樁好差事想請你幫忙。」

千歲屋的小老闆邊走邊向我說明。

今天，在這舊書市集某處要舉行李白氏的拍賣會。會中將拍賣由葛飾北齋繪圖撰文的春宮書。而他身爲致力保護性相關文化遺產的閨房調查團代表，無論如何都想得到這本書。但是據傳拍賣會中將舉辦相當不人道的試煉，至於是什麼樣的試煉，尙無從得知，單獨赴會不免令人心中可怖——

「我想請你一起參加，好分散風險。」

「可是我還有事。」

「剛才可是我替你解圍的，你也該表現一點誠意嘛。」千歲屋說：「再說，我不會虧待你的。若能得到北齋，我會奉上相當的謝禮。十萬圓如何？」

「就這麼說定了。」我一口答應。

於是千歲屋領著我穿過舊書市集，行走之間，我仍不忘尋找她的倩影。看眼前的情況，今天不得不放棄那玫瑰色的未來。然而只要那十萬圓到手，便可以此爲軍需之資，再謀善策。

不久，我們來到馬場中央的一個納涼座。那幾個與眾不同的怪人——看織田作之助全集的和服女子、白髮老人、抱著鋁合金手提箱的方臉男——全都還在。抵達時，女子頭抬也沒抬，但老人與學生卻狠狠瞪了我們一眼。

置身在這異樣的氣氛等候數分鐘之後，之前那個戴著怪異黑眼鏡的舊書店老闆悠然現身，露齒一笑。

「那麼，各位，都到齊了吧？」

此時只聽有人懶洋洋地喊著「喂——」，一個身穿髒浴衣、年齡不詳的男子跑了過來。原來是上次在夜晚的木屋町邂逅的那個自稱天狗的浴衣怪人，樋口氏。

我不禁一陣頭暈。

忍不住揣測，接下來要舉行的，莫非是一場妖怪盛宴？

妖怪們（我不算）排成一列，跟在黑眼鏡的舊書店老闆身後，穿過舊書市集。
午後陣雨一停，偏橙色的夏日陽光頓時毒辣地照亮四周。在這片刺眼的光線中，周身擁擠的事物更加凸顯，紛紛浮上舞台。
瞧這片混沌的景象！
將書架擠得毫無空隙的無數文庫本、漫畫，堂堂擺在單一特價區的多本全集散本、裝幀華麗的貴重書籍、文學書、詩歌集、辭典類、理學書、復刻本、講談本、大開數畫集與展覽圖錄、層層疊疊的舊雜誌、大量的低成本B級片錄影帶、連書名都念不出來的漢籍與古典書籍、跨海而來的種種洋書、寶相太過莊嚴以致誰都不願多看一眼的大英百科全書與世界大百科、被丟進箱子裡一張以千圓販售的彩色銅版畫、在帳篷支架上晃動的鮮豔浮世繪、地點不明的古地圖、孩子們丟棄不要的圖畫書、昭和初期京都的明信片，還有些莫名其妙的小冊子、列車時刻表、像是自費出版內容不明的書籍……這些曾經刻印在紙上的記憶，如今都成為舊書。
我們一行人走進那家門可羅雀、令人頭皮發毛的舊書店。
店內昏暗，安靜。來到通道的最深處，在櫃檯前要轉進那神祕的岔路時，和服女子突然停下腳步。
「對不起，我突然沒自信了。」

「哦，是嗎。」

黑眼鏡舊書店老闆說：「也好，妳還是在這裡回頭的好。」

「說順便似乎有些過意不去，麻煩將這個轉交給李白先生。」

說著，她將一本古老的日式線裝書遞過去，書名寫著什麼什麼珍寶。黑眼鏡男子點點頭，把書收下。

告別爽快退出的織田作之助女士，我們無言前進。在以燈泡照明的書架通路左轉，小路有如鰻魚洞穴般不斷延伸，此時早已聽不見舊書市集的喧囂，唯有薰得令人喘不過氣的舊書味。愈往前走，兩側書架上的書就愈老舊，最後只剩下一束束變色的紙張。偶有幾個煎餅大小的小小天窗，透過塵埃滿布的玻璃，可見穿過枝葉間的陽光。一回神，地板已經從泥土地變成西式的石板路。

不久，通路到了盡頭，出現了一座高約兩層樓的階梯。階梯盡頭，有一道厚重的鐵門。一只油燈悄然照明，令人想起寂寞的街頭一角。門旁掛著一塊木牌，上面以寄席體字型寫著「李白」兩字。

舊書店老闆搖動一旁的門鈴。

門一開，從中轟轟颳出一陣風，一個像是七彩綵帶的小巧物體掠過我們身旁，飛過舊書走廊而去。我發著抖，有種不祥的預感。因為門後吹來的風，宛如來自地獄的鍋爐般灼熱。

一踏進拍賣會場，每一個人都發出如遭鈍器毆打後腦杓般的呻吟。

那是一個細長的房間，長寬近似電車的一個車廂。

地板鋪上大紅色地毯，位於房間另一端的老爺鐘盪著鐘擺，旁邊一台留聲機不斷發出不明眞言，醞釀出駭人的氣氛。

房間牆角擺著各式火盆、粗如狼牙棒的蠟燭、發出昏暗燈光的座燈等家具。牆上則掛了數個表情猙獰的赤鬼面具，以及描繪了人人受火焰烤打的巨幅地獄圖，對我們施壓。這些骨董可說不管是在物質面或文化面，都提升了房間的熱度。照亮這些骨董的不是水晶吊燈，而是一張自天花板垂掛而下的暖桌。

宴會廳中央也放了一張暖桌，桌上有個奇異的鍋品，湯汁分成紅白兩種口味，正咕嘟咕嘟沸騰著。四周擺放了厚重的紅坐墊，上頭等候著我們的，是看來保暖的軟綿綿棉襖，以及各人專用的湯婆子。

老爺鐘前有一張籐椅，穿著浴衣的李白氏悠哉地坐在上頭。

他一臉笑嘻嘻的，露出長了白毛的小腿，雙腳踩進一只裝了水的臉盆，此刻正啪噠啪噠地踩出水聲。

「歡迎，諸君，歡迎。」李白氏在臉旁搧著團扇說。

黑眼鏡的舊書店老闆將織田作之助女士所託的書交給李白氏，耳語幾句，嚷了聲「好熱」便走了。李白氏將收下的書放進旁邊一個小型黑漆書架，架上塞滿了各式開本的書籍。只見李白氏啪啪拍了拍那個書架，說：

「這是前幾天從一個從事釀酒業的男人那裡拿到的，書籍種類龐雜，不過有些有趣的東西。來，坐進暖桌取暖吧！能留到最後的仁兄，可以任選一冊帶走。這次特別破例，一整套也算一冊。」

蠟燭火光照耀下，李白氏表情氣勢驚人。只見他舔了嘴唇一圈。

「那麼，諸君，你們都已選定目標了吧。」

這場不人道又攸關性命的比賽，參賽者共計五人。

第一位是以岸田劉生親筆日記爲目標的神祕浴衣男，樋口氏。第二位是隸屬於「京福電鐵研究會」的學生，也就是那個提著鋁合金手提箱的男人，他想要一整年份的明治時代列車時刻表「汽車汽船旅行案內」（東京庚寅新誌社發行）。第三位是個老學究，他想要一個叫藤原什麼東東的平安時期的詩人的《古今和歌集》手抄本。第四位則是以葛飾北齋創作圖文的色情書刊爲目標、閨房調查團的代表千歲屋。至於第五位，就是以千歲屋幫手身分參戰的我。

我們穿上紅色棉襖，圍在暖桌旁。

眼前煮沸的舊鐵鍋中央以S字形分隔開來，湯汁分爲紅白兩色，不斷冒出一股直透腦門的刺激味道。只見鍋裡泡著不知名的菇類和蔬菜，像地獄鍋爐般沸騰不已。

「這叫做『火鍋』。」

李白氏坐在籐椅上，笑容可掬地說明。

「你們就沾著碗裡的麻油大口吃吧，很美味的。」

樋口氏拿起西瓜大的茶壺，在每個人的茶杯裡倒入熱騰騰的麥茶。我們五人都喝了一大口。

在李白氏的命令下，所有人先從紅色湯鍋夾起神祕肉片，放進嘴裡。咬下的那一瞬間，眼前一片發紫，世界彷彿天翻地覆。

「嗚嗝啊喔！」每個人都忍不住大叫。「這什麼東西！」

在舌頭上散開的味道已經稱不上味道，更像是舌頭遭人以沒有打磨的粗棍棒狠打！那種辣，讓人懷疑以下鴨神社爲中心方圓兩公里內存在的「辣」的概念，全被搜括來丟進這口鐵鍋裡煮。痛苦掙扎的我們喝了熱麥茶，這下更是火上加油，益發痛苦。望著在地上辣得打滾的我們，李白氏笑容滿面。

我們決定依序吃鍋。看到白湯，我一時大意以爲舌頭能夠稍事喘息，結果白湯根本同樣辣。一旦辣到了極處，兩種鍋微妙的辣度差異根本不是我等凡人所能區別。這個火鍋分爲紅白，我想除了「看來喜氣」這種文化意涵，並沒有任何意義。

豆大的汗轉眼間自額頭湧出。

「再這樣下去會出人命的，乾脆早早投降吧！」我心想。

其實我一丁點兒幫千歲屋助陣的意思都沒有，穿上棉襖坐進暖桌那一刻，我那極易到達極限的耐力，不用說，早已快要破表。要不是樋口氏提到那本圖畫書，第一個舉白旗的一定是我。

當時我們正圍著鍋子辣得呼呼喘氣，李白氏一一展示著書架上的書。其他參賽者一看到意中書出現在眼前，立刻激動得氣息大亂。北齋的什麼東東出現時，千歲屋頻頻向我使眼色，然而當時我全副精力都用來忍耐辣火鍋，心裡只想把北齋丟進鍋裡煮。

架上舊書既多又雜，不過其中也有圖畫書。

就在李白氏拿起其中一本圖畫書時，樋口氏「喔」了一聲。

「這不是那女孩想要的圖畫書嗎？」

說著，樋口氏從李白氏手上接過圖畫書，迅速翻了翻。

「喂，樋口氏，小心別滴到汗啊。」李白氏說。

「看，這裡寫了名字。」

我探頭一看，那裡竟以極稚拙的筆跡寫著那個我夢寐以求的黑髮少女的名字！

讀者諸賢，請試想我當時的驚訝。

我立刻搶過那本圖畫書，一個細縫也不放過地緊盯著。從樋口氏嘴裡聽到她為尋求這本圖畫書而徘徊舊書市集的那一刹那，直覺告訴我：「這可是千載難逢的好機會。」竟然在此尋得一舉反敗為勝的希望之光，我的浪漫引擎終於再次啓動！

先前與她伸手拿取同一本書的幼稚企圖，如今顯得滑稽可笑。那種迂迴如蝴蝶效應的計畫，就讓給一旁談戀愛的國中生小鬼吧。我當下決定，男人就應該直接決勝負！

眼前開始播放起年幼的她頂著童稚無邪的臉龐，一心一意將名字寫在圖畫書上的畫面。令她朝思暮想的這本圖畫書，可是天下唯一的至寶，也是開闢我未來天地的天賜一冊啊！得到這本書，等同將她的少女心握在手裡，等於掌握了玫瑰色的大學生活，更保證了萬人欣羨的光榮未來！

諸君，有異議嗎？有也一概駁回。

爲了尋求勝利，我發出咆哮。

午後陣雨停了，金黃色陽光照在被雨打濕的馬場上。

看樣子不會再下雨了。我想既然來了就要堅持到最後，便帶著不安浮動的心再度啓程，尋求與書本的相遇。

樋口先生意氣昂揚地到拍賣會去了。既是樋口先生，無論遇到什麼困難，一定都能安然克服吧。畢竟他可是腳不踏實地的天狗，我實在無法想像天下有什麼試煉能夠難倒他。

走了一陣子，剛才幫忙找圖畫書的那個美麗少年又出現了。

「哎呀，又見面了呢。」我點了點頭。

「姊姊，你找到《拉達達達姆》了嗎？」

「還沒有，不過我已經請舊書店的人幫忙了……」

少年凝視著我一會兒，笑了笑。

「姊姊，今天的舊書市集妳會待到最後嗎？」

「嗯，我打算找到最後一分鐘。」

「那就沒問題了，妳一定找得到的。」

說著，少年吹起口哨。

「你怎麼知道呢？」

「因為我是舊書市集之神。」

說完，他舉起優美白皙的手臂，豎起食指。那個模樣，的確就像神明自陣雨洗刷過的夏日天空，降臨到這滿是泥濘的馬場一般。我望了他好一會兒，忍不住喃喃禱告：「南無南無！」

結果少年微微一笑，一溜煙跑走了。

「南無南無！」樋口氏喃喃說道：「南無南無！」

這好像是他爲了忍受痛苦說來打氣的禱詞，於是我也學他「南無南無！」地呻吟著。

每個人的臉上都像水洗過般滴著汗，在蠟燭和自天花板垂下的暖桌照明中浮現的五張臉全都黏糊糊的，活像剛誕生的怪物。棉襖下衣服濕得會滴水，稍動一下都覺得噁心。每當輪到吃鍋時，體內凝聚的熱更是熱上加熱，舌頭像火燒，彷彿一開口就會噴火。

「來來來，多喝麥茶，不喝會死喔。」

李白氏唱歌似地說著，津津有味舔著玻璃杯裡的冷酒。

我們除了面目猙獰地喝熱茶之外，別無他法。進入胃裡的水分瞬間化成汗水排到體外，一旦排不出汗，確實只能等死。

第一個舉手投降的是千歲屋。

他大喊一聲「我不行了」便爬到李白氏腳邊，拿了冰水就沖臉。於是閨房調查團團員猥褻的夢想，便在轉瞬間幻滅。「孬種！」罵人的，是京福電鐵研究會的學生。只見千歲屋以濕手巾蓋臉，喘著氣，還不忘拉起手巾向我使眼色：就看你的了。但我已朝下一個目標邁進，早已對北齋的A書失去興趣。

「第一個。」老學究勉強擠出聲音說。那聲音之陰森，就像在數屍體的數目。他的一張嘴因爲辣椒紅腫得像塗了口紅，看來驚心動魄，但我們也沒好到哪裡去。宴會廳本就昏暗，再加上腦袋因爲太熱昏昏沉沉，火鍋過度辛辣而使視野愈來愈窄，視線愈來愈模糊。

這時，京福電鐵研究會的學生突然拿著筷子在眼前畫圈，像是想挾住什麼東西。

「這是什麼！怎麼有七彩綵帶在這裡轉，礙事！」

「同學，那個在那裡轉很久了。」樋口氏提醒說。

「我也早就看到了。」老學究說。

「各位，那是幻覺啊！危險啊！」

才說完，我也看到在火鍋上飛舞的七彩綵帶，只見它扭動盤旋，高低起伏，彷彿在譏笑我們四人般飛舞著，球身七彩鮮明，無論我們拿筷子怎麼挾都挾不住。不過我們一致同意，這玄妙不可解的物體暫且不成問題。

「老爺爺，你怎麼沒喝麥茶？」京福電鐵說：「你會死的！」

我們立刻上前關心老學究的身體，硬灌他熱麥茶。咕嘟咕嘟喝光麥茶之後，老學究歪著嘴念念有詞，還以爲他是爲了忘卻痛苦在吟詩，哪知他竟放聲大哭。縱橫的老淚與源源不絕噴出的汗液混在一起，不斷自下巴滴落。

「可惡！爲什麼我要受這種苦！」

老學究咬牙悶哼：「你們快投降吧！來日無多的老朽求你們。」

「反正書又不能帶著上黃泉。」樋口氏說。

「不，老朽正是要帶上黃泉。」

「喔喔，如果你現在上黃泉，我可就麻煩了。」李白氏說。

「你們要的不過是些不值一哂的東西，我的目標可是國寶！」

「老爺爺，我要的書也是國寶級的。」

「那種髒兮兮的時刻表哪配叫國寶，傻瓜！想要就去國鐵要！」

於是從這一刻，眾人紛紛催動被火鍋燒灼的舌頭，噴火對罵排山倒海而來。我雖然也參戰了，但熱與辣早已使頭腦混亂，就連自己在說什麼都不知道。

最後老學究嗚咽著問我：「你呢？你想要什麼？」

一聽到我想要的是一本圖畫書，他差點昏倒，叫道：

「你這白痴混蛋加三級！圖畫書要多少老子都買給你！」
「那國寶能替我開闢一條生路嗎！」我怒喝。
老人又是一陣哭喊。
「那可是抄本啊！你不明白嗎？那可是《古今和歌集》的抄本啊！」
「《古今和歌集》？誰管那是什麼鬼東西！」

我不時站著翻翻岩波文庫出版的《古今和歌集》，在舊書市集閒晃著，沒多久，發現了一家陰森的舊書店。由於攤位帳篷的四周以巨大書架圍起，以致店內十分陰暗。而且更令我驚訝的是，看店的竟是剛才那位坐在墊布上專心閱讀織田作之助全集的女士。只見她就坐在用來當作結帳櫃檯的桌子後面。

這家舊書店格局十分特殊，櫃檯旁還有一條以書架搭成的細長通道，一股腥熱的風正從裡面吹來。這條通道會通到哪裡去呢？不斷驅使我向世界探索的好奇心，瞬間猛烈膨脹起來。

大步踏進去吧！就這麼辦！

然而正當我打算行動時，和服女士突然對我說：「妳最好不要進去喔。」我以爲挨罵了，怯生生地看向那女士，但她只是氣質高雅地衝著我盈盈一笑。

「那不是妳該進去的地方。」

店裡沒有其他顧客，她想必很無聊吧。她請我坐在一張小椅上，從腳邊的保麗龍箱子裡取出彈珠汽水。在盛夏的舊書市集裡，沒有比彈珠汽水更棒的飲料了，於是我萬分感激地樂意作陪。

「剛才在納涼座那裡也看見您，您一直在看那本書。」

我指著她手上的織田作之助全集。

「是啊，我家就只有這本書。」

她說。「我先生的書，就只有這一本留下來。」

我向她提起傑洛德·杜瑞爾及《拉達達達姆》的事。然而當我訴說著在廣大無垠的舊書世界尋找《拉達達達姆》的遭遇，與她分享那種好像找得到卻又無法如願的心情，我的心又逐漸落寞不已。這眞是奇遇，這位女子竟然也知道《拉達達達姆》。

「那是我先生第一次帶兒子上舊書市集時，兒子一見鍾情的圖畫書。兒子老是纏著我，要我念那本書給他聽。即使他已經能自己讀了，還是吵著要我念。」

「那本書您還留著嗎？」

「很遺憾。」

她低聲說完，怔怔望著收銀機旁的彈珠汽水瓶。我想她多半是有些不足爲外人道的傷心苦衷吧，便沒有再追問下去。

京福電鐵研究會的學生在火鍋前不知所措地低著頭。

他發出呻吟，汗水滴答有聲地落在膝頭。我們迫不及待地齊聲大喊：「退出！退出！」因爲他再不趕快退出，我們就快撐不住了。我憑藉著超群的意志力，樋口氏憑藉著不明的神通力，忍受著施加在我們身上的苦楚。至於將體力浪費在無謂爭吵的老學究，早已是氣息奄奄。

京福電鐵的方臉男臉脹得通紅，筷子幾度上下，但手依舊顫抖著，遲遲無法將筷子伸進鍋裡。他的精神與肉體正展開熾烈的爭戰。

「我不行了……從剛才我的肚子就……」他露出痛苦的表情。「我的腸胃不好……」

「你再吃下去，腸胃就會變得跟我的內褲一樣。」善於心理戰的樋口氏落井下石地說：「你想死嗎？」

「我不想死啊！」

京福電鐵幾乎是撒嬌耍賴般咕噥道：「可是我好想要啊！」

「你用不著在這裡賠上你的腸胃。你還年輕，將來有的是機會。」

可憐的方臉男此時發出呻吟，終於失守了。只見他頂著近鐵電車般赭紅色的一張臉，追趕起在眼前飛舞的七彩綵帶，駛向他幻想中的荒野。再會了，我可敬的敵手。

而臉上始終掛著神祕笑容的樋口氏，此刻也像掛著面具般面無表情，呼呼吐著熱氣。面對這現實的挑戰，他能夠腳不踏實地隱忍到什麼程度？

脫離戰線的兩人以濕手巾蓋臉，仰臥在赤鬼面具之下。那光景簡直就像兩具並排的屍體。

「諸君，只要另外兩個人退出，就能拿到你們的意中書。好好努力吧。」

李白氏邊說，邊大口大口啃著大片西瓜。

「怎麼樣？冰透的西瓜就在這兒，只要投降就吃得到了。」

李白氏在熱得喘息不止的我們面前，來回擺弄一片紅通通的西瓜。我的臉頰確確實實感受到冰鎮西瓜的透涼，聞到那清甜的香味。

「想吃多少就吃多少，西瓜又多汁又甜喔。放棄你們的意中書吧，你們不想吃冰涼的西瓜嗎？」

圍在火鍋旁的三人齊聲咆哮，試圖趕走惡魔的誘惑。

大嚼紅西瓜的李白氏，嘴角露出了銳利的獠牙，頭上也長出了角。在搖曳燭光下的那張臉，怎麼看都是魔王的嘴臉。

「不過就是幾張紙嘛！」李白氏高聲笑道：「和冰涼的西瓜哪一個重要？」

眼前的西瓜怎麼能和我光榮的未來相比！——自己的叫聲聽起來簡直就像別人在吶喊。

燦爛的未來，有如走馬燈般在我眼前轉動。我親手將圖畫書交給她，怯生生的兩人心靈相通的模樣，第一次單獨約會的那一天，在神社裡手牽著手的那一幕。在古都楓葉漸紅當中，兩人關係日趨穩固，隨著寒意漸深，彼此的感情也更進一步，迎接那光榮的聖誕夜來臨。我的浪漫引擎已無人能擋，早已顧不得傾聽內心的知書達禮之聲。

「嘿嘿嘿嘿！」

這時老人流著饞涎輕薄地笑出聲。他的笑聲令我赫然清醒，一看之下，樋口氏也露出做夢般的朦朧眼神，喃喃說著：「環遊世界……」看來我們三人正各自看著三部不同的走馬燈。我們已一腳踏進鬼門關了。

我們互相出聲激勵，大口猛喝麥茶。

「老爺爺，現在的狀況已是性命交關。」樋口氏說。「你看見那條黃泉路了嗎？」

「老朽說過了……老朽想要帶上黃泉路……」

「你的心臟承受得了嗎？難道你要以一個火鍋迎接人生的終點嗎？」

老人咬緊牙關，迎戰樋口氏施展的心理戰術。

「反正我死了……誰也不在……意。我不管了……」

「有氣魄！那你就上路吧。我會幫你善後的。」李白氏說。

「老爺爺，你不能死！」樋口氏說：「你可不能死在這種地方！」

然而老人沒有回答。他的上身緩緩前傾，我連忙扶住他。

原來老人昏過去了。

「那麼，只剩兩個人了。」

李白氏滿意地笑了。

「這裡還眞是熱啊！直教我想起地獄呢。」

我喝著有如天國之水般美味的彈珠汽水，與那名女子閒聊了一會兒。

這時候，從櫃檯裡堆疊的書本縫隙中，傳出不明的呻吟聲。我聽到有人囈語般說著：「以心傳心……」和服女士回過頭去，她身後有個戴黑框眼鏡的男子縮著身子躺在書堆之間。我不禁納悶，他爲什麼要在那麼小又沒有鋪蓋的地方睡午覺呢？難道他就是那種被舊書包圍才能安心的愛書人嗎？

「老闆，再休息一下吧。我兒子就快回來了。」

女子柔聲說道。

男子宛如心滿意足的豬隻般呼嚕呼嚕熟睡著，翻個身轉向另一邊。女人對我微笑地說：「看來他睡得很香呢。」

喝完彈珠汽水，我道過謝，站起身來。

她特地送我到店門外。

「妳一定會找到《拉達達達姆》的。就快了。」

注視著日暮逐漸低垂的黃昏天空，她說：「要相信舊書市集之神。」

「謝謝您。」

我行了一禮，邁開腳步的同時也低聲禱告：「南無南無！」

比賽終於來到最後關頭，將由我單挑樋口氏。

由於必須輪流吃火鍋，我們得一直吃個不停，而且這時筷子挾到的，都已是煮爛化爲「辣中之王」的殘骸。我們的嘴麻痺了，靈魂也麻痺了。麥茶一喝進嘴裡就變成稀汗狂洩而出，水勢洶湧如瀑布。棉襖早已濕答答的，沉重地壓在肩上，我們化身忍耐機器人，只想把眼前的火鍋解決。

「你想把那本圖畫書給她對不對？你愛上她了？」

「沒錯，不行嗎！」

「不如這麼辦吧，你先投降，由我拿到那本圖畫書，然後你再以五十萬向我買。」

「聽起來不太對……慢著慢著，只有你占盡便宜！」

「但是能以五十萬買到光明未來，很划算吧？」

「我才不用你幫忙。我難得這般火熱……不管生理上和心理上都是。我要贏得這場比賽，親手掌握自己的將來！」

「就連我這麼偉大的男人，都快抵達前所未有的極限了。」

樋口氏笑著說：「連幻覺都出現了。」

說著，他伸筷進鍋，緩緩夾出一隻偌大的蟾蜍。

蟾蜍被辣椒等各種調味料染得通紅，軀體發漲，細細的手腳不斷抽搐。牠從樋口氏的筷子掙脫，行動遲緩地逃到暖桌，在我面前一屁股坐下。只見牠嘴大大張開，然後噴出熊熊火焰。

「上啊！」樋口氏笑道：「燒死他！」

我與那隻蟾蜍對峙半天，也把筷子伸進火鍋。

有條沉重的繩狀物勾住了筷子，我把那東西拖了出來。鐵鍋裡出現的，竟是條混身沾滿辣椒的錦蛇。錦蛇長不可測的尾巴留在鍋裡，叩咚一聲把頭擱在暖桌上。

樋口氏的蟾蜍啪喳啪喳地濺起紅色水花想逃，最後還是遭錦蛇一口吞下。

此刻，錦蛇懶洋洋地將下巴擱在鐵鍋邊緣。

我抬頭看樋口氏，他臉上仍掛著笑容，然而眼看汗水自他臉上縱橫流淌，無論流進眼裡還是嘴裡，他都不爲所動。我輕輕一推，他便眉也不挑一下地向後倒去，不禁令人遙想武藏坊弁慶直到戰死都昂然挺立的模樣，眞是死得英勇。

我的腦袋轟轟作響，世界天旋地轉，嘴裡屁眼裡彷彿都快噴出火來。七彩綵帶在四周盤旋飛舞，我什麼都看不見。我心想「會死會死」，趕緊喝了麥茶，然後扔掉湯婆子，脫掉汗水淋漓的棉襖。棉襖掉在地毯上時，發出了啪喳的水聲。

「幹得好！」

李白氏從籐椅上站起來，放聲大笑，折彎了手上的大扇子。

我癱倒在地。李白氏走近我時，那條從火鍋探出頭來的辣椒錦蛇，竟朝著李白氏嘴巴一張一闔，小聲說話。

「什麼？」

李白氏大感興趣地將耳朵湊上前去，只聽蛇以沙啞的聲音說了：

「神明時而殘酷地將舊書解放於世，心懷不軌的收藏家要當心了！」

李白氏一臉「放什麼屁」地眼睛瞪得老大，下一秒錦蛇竟咬住他的浴衣不放。

李白氏揮舞著扇子，攻擊錦蛇的頭。「混帳東西！混帳東西！」就在李白氏尖聲咆哮之際，天花板居然掉下巨物，也就是那張提升房間熱度、代替水晶吊燈的暖桌。

「嗚哇！」

成為暖桌墊底的我們紛紛發出慘叫，這時一個愉快的聲音說道：

「又見面了呢，大哥。」

一看，先前一直纏著我的那個美少年就站在李白氏的黑漆書架旁，書架上的書已經消失一空。而京福電鐵研究會學生的鋁合金手提箱，被少年抱在胸前。

「再會了，各位。後會有期！」

他身手矯捷地跳過遭暖桌直擊、呻吟不已的李白氏，閃過我伸長要抓住他的手，一腳踢開倒地的戰敗者，像個惡作劇小鬼般奔過大廳。

「把我的將來還給我！」我大喊，起身時還打翻了火鍋。

李白氏掙扎著從暖桌下爬出來。我則因為太痛苦了，遲遲無法振作，只顧著反覆把臉放進冷水又抬起來，試圖降低體溫。

李白氏看著那個小黑漆書架，架上只剩一本薄薄的線裝書。是那位和服女士送給李白氏的。他拿起那本書，瞪著封面。

我硬是起身，也探頭望向他手上的書。

李白氏打開那本日式線裝書，但是裡面全是白紙，怎麼翻都是灰撲撲的白紙。這時眼前的石炭鑄鐵暖爐突然叮叮有聲，於是，彷彿終於燻出來一般，浮現了一串文字：

將舊書自邪惡收藏家手中解放，誠令人欣喜快慰。汝等受到教訓了吧。我正是舊書市集之神。

李白氏走到窗邊，拉起遮光黑幕。

接著他一一將窗戶打開，吹進來的晚風，有如高原上的微風般清新。涼爽的風吹過宴會廳，倒在地毯上的人們開始蠕動。

李白氏站在蠢動不止的參賽者中央，說道：「諸君。」

「諸君不顧形象名聲也想得到的書，剛才已由舊書市集之神解放到這舊書市集之中。你們要是運氣好，或許會有和它們重逢的一天吧！」

一干人等搞不清狀況，愣愣地呆坐在紅地毯上。

「祝你們好運！今天的拍賣會就到此結束。」

李白氏以此作結。

過了半晌，坐在紅地毯上的老學究滿臉通紅地嚷道：「這麼說，書還在這市集裡了，是不是！」說完七顛八倒地匆匆離去。而千歲屋和方臉男也緊跟在後。只有樋口氏徐徐站起，說著「哦，吃得眞飽」，然後心滿意足地走了。即使是這地獄火鍋，在他而言似乎只要能吃就是賺到了。「不過屁股好像快著火了。」他離去時夾緊屁股這麼說。

「能送你的就只有這個了。」

李白氏這麼說，把日式線裝書遞給我。我拒絕了。

「被偷的書就這樣算了嗎？」我問。

「既然是舊書市集之神下的手，誰能奈他何？我已十分盡興了。」

李白氏嗤笑道：「書那種東西，要就儘管拿去吧！」

我離開李白氏，穿過那條詭異的細長書架走廊。

回到昏暗的舊書店，我看到黑眼鏡舊書店老闆從椅子上跌落，正倒在櫃檯後鼾聲大作，睡得正香。他身邊，倒著一個彈珠汽水瓶。眞想喝彈珠汽水啊！我的喉嚨強烈訴說著渴望。

奔到門外，才發現外頭已沉浸在一片灰藍暮色中。原來京都的夏天竟是如此涼爽，我大爲驚訝。區區氣溫之差就令我感動落淚，這還是生平第一次。已經純淨如水的汗水在晚風吹拂下，瞬間蒸發。

此時此刻，又一個夏日即將過去。遊人三三兩兩踏上歸途，但仍在做垂死掙扎的人也不少。我穿過天色漸暗的舊書市集，尋找少年的身影。途中渴得難以忍受，買了瓶彈珠汽水來喝。流淌過喉嚨的彈珠汽水，可說是夏日涼意濃縮而成的菁華甘露。區區一瓶彈珠汽水就令我感動落淚，這也是生平第一次。

於是我又哭又喝又嗆的，穿過舊書市集。

途中我看到眼熟的和服女子。她坐在納涼座上，即使光線漸暗，她仍堅忍不拔地讀著織田作之助。我發現發著微光的鋁合金手提箱就在她身旁，但裡面是空的。

來到綠雨堂附近時，在晚風吹拂下，我的精神總算逐漸恢復明朗，也找到了那少年。只見他正偷偷摸摸地在書架暗處鑽動。我暗罵：這個罪大惡極、壞人好事的惡魔！我要把他用草蓆綑起來，拿去當下鴨神社的篝火燒！

少年躲在書架暗處，打開一本懷裡抱著的書，貼上標價。然後又悄悄將書塞進架上。

「喂！」我怒斥：「你這傢伙！」

我一把抓住他的手，他像條白色的河魚跳了起來，一面掙開我的手，一面瞪著我。暮色中，他的眼眸一閃一閃的，好像會發光。

「放開我啦！再一本我就辦完了！」

「所有的書你都到處丟了？」我失望得幾乎說不出話，頓時頹然無力，「沒有圖畫書嗎？你把那本圖畫書丟到哪裡去了？」

我一鬆手，少年拔腿就要跑，但他停下片刻，拋下一句：

「圖畫書當然就在圖畫書應該在的地方啊！你連這都不知道嗎？」

說完，他便在暮色中消失了身影。

我想起樋口氏說過，舊書市集有個圖畫書區。

我向附近的綠雨堂老闆打聽了位置，拔腿就跑。

穿過舊書市集時，我看到京福電鐵研究會的大學生，只見他奔進一家又一家舊書店，不斷高喊著：「我的時刻表！」頻頻遭人側目。「到底在哪裡！」才聽到這聲呼喊，就看到一個疾風般的人影像要推倒我似地朝南奔去。看來是那位執著於《古今和歌集》的老學究。「那是我的！誰也別想搶走——」老學究有如惡魔附身般喃喃說著，消失在人群中。

「執著眞是可怕。」我在心裡感歎。爲了她的圖畫書，我硬是推開一對你儂我儂走在路上的男女，氣急敗壞地趕向圖畫書區。

舊書市集瀰漫著慶典結束前的氣氛。我的心情有些落寞，無精打采地走在馬場上。

那個不可思議的少年說我會找到《拉達達達姆》，那位和服女士也以同樣的話鼓勵我。可是天已經快黑了，在如此漫漫書海當中，我該如何找出那本我想要的書呢？舊書市集之神又會對我微笑嗎？

我靜靜地走著。

以後我得好好祭拜舊書市集之神，然後不看的書就盡可能解放，讓它們有機會到下一個主人手中。我會努力讓書本們真正地活著。所以神啊，求求您。我雙手合十，念著「南無南無」禱祝。

穿過漸漸沉浸在暮色中的一個個帳篷，我來到圖畫書區。

先前那麼仔細搜索都沒找到，也許是我看漏了。不過我相信：信者必得舊書！在逐漸暗轉的天色中，我拚命察看細長的書脊，彎身咕噥著「南無南無」，忽然間，眼前的書架一角在暮色中發著光，有本圖畫書正在呼喚我。我胸口一緊，心臟怦怦跳動。

南無南無！

我忘情地伸出手來，不料旁邊突然有一個人也伸手過來。抬頭一看，伸手的是社團的學長。

學長看到我，一副打從心底吃驚的模樣，表情瞬息萬變，非常有趣。學長似乎想說什麼，嘴巴開開闔闔，但終究什麼話都沒說。然後只見他深吸了一口氣，總算說話了：「喏！」他指著《拉達達達姆》，「還不趕快買下來！」

我一拿起《拉達達達姆》，學長便像一陣風般跑走了。

我心想，學長爲何那麼驚訝呢？難道是我臉上沾了什麼可笑東西嗎？

不，考慮到學長也伸出手來，我便想到，學長該不會也想要這本書想要得不得了？但他卻忍痛割愛讓給了我。難不成是不想面對割捨愛書的痛苦，他才會早早離去？一定是的。多麼紳士的舉動呀！神啊，請原諒我阻擋學長情路。我一定要對學長有所補償！

翻開終於到手的《拉達達達姆》，我看到封面內側有一行字，不禁呆了半晌，然後，我忍不住模仿雙足步行機器人跳起舞來。

我擦了擦眼角。

《拉達達達姆》的封面內側，竟以拙劣的字跡寫著我的名字。

用不著讀者諸賢指摘，我承認我是個愚不可及的蠢蛋。

一度捨棄了太過迂迴曲折的A計畫，籌畫出另一個更完美的B計畫，但萬萬沒想到被我棄置的A計畫卻擅自進行。舊書市集之神啊，這跟事先說好的不一樣！叫我如何能夠應變？更萬萬沒料到的是，伸手同拿一本書的那一刻竟是如此教人臉紅，若沒有做好徹底覺悟，實在無法承受。

她會怎麼看待落荒而逃的我？她一定當我是個莫名其妙的怪人吧。

「人要知恥！然後去死！」

走在涼爽的藍色天空下，我胡亂呻吟。

「南無南無！」

我咒罵自己，咒罵舊書市集之神，鄙棄自己到極點後，闖進一個以橙色電燈照明的帳篷。這家店裡散賣幾本《新輯內田百閒全集》。

「這些我全要了！」

大喊完，我才發現錢不夠，忍不住氣得跺腳。

「還缺多少？」背後傳來一句問話。

一回頭，她就站在那裡。

「我借學長。」

「不了，那不好意思。」

「不會的。人與書的相逢是難能可貴的緣分，一定要當場買下來。我已經找到我的寶物……」

說著，她讓我看那本純白而美麗的圖畫書，書名是《拉達達達姆——小小機關車的奇妙旅程——》，裡面的插圖畫風夢幻。她輕輕翻開封面，雪白的頁面上，以稚拙的字跡寫著她的名字。

「今天能在這裡遇到這本書，眞是太感動了。謝謝學長把書讓給我。」

她幸福地盈盈一笑。

我向她借了錢，買下內田百閒全集。

提起裝滿全集的塑膠袋，一回頭，已不見她的身影。

走到帳篷外，環顧天色已暗的舊書市集會場，蒼茫暮色中只見人群來去。我搖搖晃晃舉步而行。

借錢給學長之後，我信步走到帳篷外。

正出神時，那位讀織田作之助全集的和服女士，與那個美麗的少年走過我面前。「過癮嗎？」女子柔聲問道，少年點頭答：「嗯。」我想告訴少年我已經找到

《拉達達達姆》便追了上去，但他們宛如使了魔法般快速在人群中穿梭，沒一會兒便消失在暮色中。眞教人遺憾。

我在納涼座坐下，再次在膝上翻開《拉達達達姆》。

我曾經深愛、卻又罪孽深重地遺棄的這本書，如今又重回我的手中，這是多麼的不可思議。若不是受到舊書市集之神的庇蔭，還能是什麼呢！南無南無！

四周漸漸變暗了。不久，提著大堆全集的學長緩步走來。他的書看起來很重，我便叫住學長想幫忙。

「嗨。」學長說。

「學長好。」我說。

學長嘿咻一聲，放下重如醃菜石的全集，在納涼座坐下。

天空已變成深藍色，夕陽的一絲餘暉將浮雲染上一抹桃紅。馬場兩側的舊書攤之間，亮起一盞盞橙色電燈。四周像沉入海底般暗了下來，遊人憑藉這僅有的燈光在書架間遊走，尋找他們的意中書。就像剛才的我一樣。

「大家好像海底的魚呢。」我說。

「是啊。」學長說。

北方吹來涼爽的晚風，小小的七彩綵帶滑也似地從眼前飛過。

Chapter 03

方便主義者如是說

季節來到深秋。

名爲聖誕節的慶典已在地平線探出頭來，而學園祭的舉行，更宣告了黑暗季節正式來臨，男人紛紛心煩意亂，不約而同在此時爆出各種意圖分明但意義不明的言行。

在學園祭這個十足狂亂的大舞台，我們不顧一切亂闖亂竄，執意尋求大圓滿結局。我們滿腦子想的都是自私自利的執著：一切快點閉幕吧——但是希望結局盡可能有利於己。於是，每到這個時節，我們都成了「方便主義者」。

今年，在這個方便主義者暗中活躍的學園祭，她又在無意間擔任了主角，爲這齣混沌至極的大鬧劇拉上簾幕。然而她將此豐功偉業，全歸功於「神明的方便主義」。

看來神明與我等眾生，同樣都是方便主義者啊。

然則，我們又是如何變成方便主義者的呢？

當天，我難得在學園祭露臉。秋風吹散落葉，學園祭的最後一天在慵懶的氣氛中繼續。

在深秋的冷風吹拂之下，我徘徊於鐘塔下的攤位區。

這愚蠢的祭典以聳立的鐘塔爲中心，主戰場是校舍散在的「校本部」，以及隔著東一条通、南面相望的「吉田南校區」。法學部的大教室裡，舉辦各式名人演講與研討會；而鐘塔四周，攤位帳篷相連，店主試圖將味道與衛生品質皆堪憂的食物塞進路人嘴裡。進入吉田南校區，照樣是一家又一家的攤位，學生黑心商人慵懶地等候客人上門。然而，學園祭裡出現的不僅是商魂不滅的學生，只見操場特設的舞台上，載歌載舞的學生換了一批又一批；校舍的教室裡，被戲劇、文藝活動、獨立電影等各種興趣附身的學生殷勤招徠路人，強迫他們欣賞自己的熱情。

然而攤位裡、教室中、特設舞台上，他們想提供給遊客的是什麼？來訪遊客眼見的，只不過是過多的閒暇與教人不敢領教的熱情，看在旁觀者眼裡根本毫無樂趣可言，而這，正是令人唾棄的「青春」啊！

「學園祭乃青春的跳樓流血大賤賣，即青春黑市是也！」

在深秋的冷風吹拂之下，我如是想。

我吃著在一家叫「米飯原理主義者」的攤位買來的飯糰，抬頭一看，鐘塔聳立在高爽的秋天天空下。鐘塔對在自己腳邊熱烈進行的愚蠢祭典，看似毫不介懷，那毅然直衝天際的英勇姿態，不禁讓我聯想到佇立於此的自己。鐘塔與我，都在這瘋狂鬧劇的漩渦中貫徹光榮的孤立啊。

「戰友啊！你仍屹立不搖嗎？」我朝鐘塔呼喊。

我，乃焚膏繼晷憂國憂民、深思熟慮苦心志勞筋骨之人。身爲孤高的哲人，我渴望在不久的將來，能站上正式舞台獲滿堂采、爲世人愛戴。這樣的我，豈能與青春黑市學園祭有所瓜葛？

至於我今日爲何來到此地，那是因爲她會來。

此消息來自某可靠來源。

她是我社團的學妹。

打從初次交談的那一天，她便攫走了我的靈魂。她那無與倫比的魅力如賀茂川的源流滾滾滔滔，無窮無盡。曾以「左京區和上原區一帶無人能出其右的硬派」這個英勇名號闖蕩江湖的我，如今為了打進她的視線範圍，備嘗艱辛。我將這場苦戰命名為「盡（進）她眼作戰」，這是「盡可能進入她的眼簾大作戰」的簡稱。

古今中外許多男人為打開局面而焦灼不安，貿然直搗黃龍，最後自然以玉碎收場，這樣的例子不勝枚舉。他們確實是值得愛的男子，但是，他們往往空有蠻勇，卻無勇氣。此處的「勇氣」，指的是秉持理性與信念，克己自律，以愚公移山的精神「日日填平護城河」的勇氣。簡單的說，也就是在直搗黃龍之前，我必須先讓她習慣我這個絕無僅有的存在。

如此這般，我盡可能用心「進入她的眼簾」。在夜晚的木屋町、先斗町，在夏日的下鴨神社舊書市集，以及每天的行動範圍中——附屬圖書館、大學合作社、自動販賣機區、吉田神社、出町柳車站、百萬遍路口、銀閣寺、哲學之道，「偶然的」相遇頻頻發生，次數遠超過所謂的偶然，早已達到千萬人認同的「這只能說是命運的紅線將你們連在一起了！」的次數。連我都認為自己極為可疑，畢竟我怎麼可能每次都剛好佇立在各處的街角呢，這樣「方便主義」也未免太方便了！

然而麻煩的就是，她似乎完全不以為意。不要說我渾身舉世罕見的魅力，就連我的存在，她都沒放在心上。明明我們是如此頻繁見面！

「沒有啊，只是碰巧經過而已。」我的喉嚨重複這句話說到都快出血了，她卻仍繼續以天真爛漫的笑容回應：「啊！學長，眞是奇遇！」

就這樣，與她相遇以來，半年的歲月匆匆流逝。

向鐘塔表示親愛之情後，我自正門離開，過了東一条通，來到吉田南校區。校區一角塵土飛揚的操場上，設了許多攤位。西北角架了舞台，看似業餘樂團的女子正唱著「去死吧你他媽的弁財天」。而舞台旁邊，便是主管學園祭的「學園祭事務局」本部的帳篷。

我往帳篷裡一看，事務局人員在擠滿了辦公桌和雜物用具的縫隙中走動。一個手戴臂章的男子蹺著二郎腿，悠哉地喝茶下令。他身後掛著巨幅的校園地圖，宛如在宣示：學園祭全在我的掌握中。

「你成了大人物嘛，事務局長大人。」

我一出聲，男子朝這裡一看，打招呼說：「你來了啊。」

我和他同一學院，大一便認識了。他多才多藝，既能兼顧學園祭事務局的雜務，輕音樂社活動、作爲興趣的相聲，乃至男扮女裝，全都難不倒他。尤其以女裝扮相特別出名，他的美貌身爲男人實在太過可惜。他甚至曾爲了好玩而出席「女裝咖啡店」，誘使許多男子誤入沒有結果的情路，以致惡名昭彰。如果看他坐擁如此美貌，便料想他是個沉溺於玩火遊戲、校園生活糜爛的朽木一枚，那你就錯了。他可是個相當硬派的男子，因此才和我合得來。大一、大二時，每當學園祭將近，他都把課業擺一邊埋頭於事務局的工作，毫不顧惜他的美貌，往往搞得灰頭土臉。他的苦幹實幹獲得賞識，如今到了大三，儘管他自嘲爲「雜務總元帥」，終究還是拿到了「學園祭事務局長」的頭銜。

他請我進了事務局帳篷，倒茶奉客。

「你竟然會來，眞難得。我來猜猜看，是你那盡（進）她眼作戰吧？」

我平時過著與學園祭等瘋節慶無緣的生活，他也深知如此。我一點頭，他便賊笑。

「那麼，你和她之間有何進展？」

「正確實進行護城河的填平工作。」

「你也塡太久了吧？要塡到什麼時候？你打算在上面種蘋果樹、蓋小屋住進去嗎？」

「這件事必須小心謹愼，步步爲營。」

「才不是，你只是喜歡在塡起來的護城河上悠哉度日，因爲你怕直搗黃龍之後慘遭擊退。」

「請別輕易點明本質。」

「我眞是不懂。這是浪費時間嘛！要就兩個人快快樂樂地過，不是很好嗎？」

「我有我的做法，不受別人指摘。」

「你怎麼會有這種想法啊……你眞是如假包換的傻子。不過我就是喜歡你這一點。」

我決定改變話題。

「對了，有沒有什麼好玩的麻煩？」

「當然有啊，多的是。不過現在稍微平靜一點了。」

事務局長談起學園祭期間發生的種種事情。有人喝醉酒關在廁所不肯出來，有宗教團體暗中大肆行動，有人未經許可便販賣詭異食物引起衛生保健問題，有竊盜集團淨是偷立牌、木材，還有神祕不倒翁到處出現等等；與這白痴祭典極其相配的蠢事層出不窮。

「韋駄天暖桌也很難對付。」

「韋駄天暖桌？暖桌和韋駄天能扯上什麼關係？」

「有些莫名其妙的人抬著暖桌，在校園內到處跑。因爲行蹤太過神出鬼沒，就叫做韋駄天（注）暖桌。」

事務局長指指背後的校區地圖，上面貼著一張張暖桌貼紙，標示出韋駄天暖桌至今爲止的出沒地點。範圍確實是遍及整座校園，不辱韋駄天之名。

「如果只是到處出沒，不理他也沒關係吧？」

「他們到處請人坐進暖桌吃火鍋，未經許可這麼做會有麻煩，要是鬧出食物中毒就不妙了。」

「上面還貼了一堆貼紙，那是什麼？」

「這是乖僻王事件。」

事務局長表示，目前事務局最頭痛的兩大問題便是韋駄天暖桌和乖僻王事件。

注：佛教中的迦藍護法，即韋陀菩薩，爲增長天八將軍之一，四天王三十二將之首。傳說當年捷疾鬼盜走佛祖舍利，由韋駄天追回，此後便被視爲善於奔跑之神。日文以韋駄天來比喻飛毛腿。

《乖僻王》。

那是指在校區各處臨時上演的短劇，也就是游擊式的街頭流動戲劇。

學園祭頭一天開幕時，任誰都以為那只是無厘頭的街頭表演，因為每一幕上演的時間不到五分鐘。然而當這些片斷的短劇頻繁上演，傳聞愈演愈烈，片斷的情報拼湊起來後，故事的全貌也逐漸明朗。

乖僻王與不倒翁公主在學園祭命中註定地相遇了，然而一見鍾情而墜入情網的他們卻被迫分開，因為這乖僻王為人乖僻，經常招致友人誤會，與各社團結下梁子，因而身受陷害，終至行蹤不明。不倒翁公主心繫心愛的乖僻王，對陷害他的敵人施以種種奇特的報復，諸如「耳塞棉花糖」、「從領口灌布丁」等等。

流動戲劇《乖僻王》以這位不倒翁公主為主角，劇中人物涉及實際存在的社團負責人，情節虛實交雜，以致許多社團對劇情信以為眞，在社團之間引發各種衝突。再加上看戲的觀眾聚在狹窄的走廊，偶爾還會釀成骨牌倒的慘劇。總之，意外頻仍，引起了高度關注。不知不覺中，人們開始以「乖僻王」來稱呼這齣戲的主謀。

「聽說主謀躲起來，以現在進行式寫劇本。當天早上發生的事，下午就被用來作梗，看來消息應該不假。」

「這傢伙還眞有心。」

「事務局已經認定他是『學園祭恐怖分子』。」

「那麼，故事進行到哪裡了？」

「今天早上已經知道乖僻王還活著，被幽禁在某處。這又引起了不小話題。甚至有人拿餐券來賭乖僻王和不倒翁公主是否能重逢，目前賠率八比二，以大團圓收場占優勢。」

「既然都叫乖僻王，那這個人一定相當乖僻，不可能有大團圓結局吧。」

「話是這麼說，不過這人想的主意還眞有趣。我因爲立場使然，不得不追捕他們，不然也希望他們盡量放手去搞。」

事務長說著說著，露出妖豔的笑容。「不過，我可沒那麼好對付。」

聊到這裡，一名事務員氣喘吁吁地衝進來，喊道：「操場上要演《乖僻王》！」本部頓時爲之騷動。局長將茶一潑，誇張地變了臉色，顯然樂在其中。

「竟敢小看事務局！」

於是他們蜂擁而出。

我心想挺有意思的，便跟過去。只見操場中央四處逃竄的劇團團員與事務局人員正上演牧歌式的大型追緝物語。乖僻王那批人手戴深紅色臂章，高調宣示自己是工作人員。

我在攤位買了名爲「男汁」的紅豆湯圓，邊吃邊作壁上觀，一名逃逸的女子衝著我跑來，狠狠地撞上我。熱騰騰的紅豆湯頓時四濺，她「啊喳啊喳喳」地發出練拳似的尖叫，事務局人員趁機飛撲而上。這次，被捕的只有她一人。

長髮亂舞的女演員被迫坐在塵埃滿天的操場中央，身邊倒著一個蘋果大小的不倒翁。事務局長將那不倒翁踩在腳下，對她傲然挺胸瞪視。據局長說，她便是傳說中的《乖僻王》主角——不倒翁公主。

「什麼嘛，主角被抓不就沒戲唱了嗎？」

「主角已經三次落網了，可是每次都會有別人代演。簡直沒完沒了，就像蜥蜴的尾巴。」

女主角這時驕傲地表示：「代演的人要多少有多少，只要乖僻王繼續寫劇本，戲就會繼續演下去。你們休想要我招出他的所在。」

「可惡！又不能嚴刑拷問！」

當時我聽得心不在焉，實在顧不得憤怒的事務局長。

因爲一個正要離開操場的人影，奪走了我的心。那一瞬間，這場愚蠢祭典的一切熱鬧喧譁如退潮般遠去，整個世界朝著橫越我視野的那個人影收縮、脈動。那纖巧的身形，烏黑亮麗的齊平短髮，貓咪般隨興的腳步……身爲她的背影世界權威，我會看錯嗎？當然不會。一步步離開操場的那個人物，正是讓我將那似淺實深的護城河一塡塡了半年、紅著眼一路窮追不捨的伊人。

不過奇怪的是，她背上竟背了一只巨大的緋鯉布偶。只見她渾然不知背上集中了多少好奇視線，毅然朝綜合館走去。

「我先走了。你好好工作吧！」

我向事務局長一舉手，連忙追在她身後。

「她究竟爲何要背那種東西？」我心想。

就讓我來回答這個問題。

我背著的，正是緋鯉布偶。那是我在操場上的射鏢攤「射中妳的心！」正中紅心贏來的。

我從小就是個運氣極佳的孩子。像我這麼調皮的女孩，能夠維持頭蓋骨完好如初平安活著，一定是因爲我的運氣比別人好上一倍。小時候我甚至曾自暴自棄地跨上三輪車，以幼兒不該有的速度直衝下坡，將母親嚇昏。憑藉著無數幸運相助，愚蠢的我屢屢獲救，姊姊便將那些幸運稱之爲「神明的方便主義」。

神明的方便主義萬歲！南無南無！

初次步入學園祭便贏得如此巨大的緋鯉，沒有比這更好的吉兆了。一想到之後還會有各種有趣的事等著，也難怪我的興奮之情會衝得比天花板還高。射鏢攤的人還提議：「要不要換小一點的玩偶？」但我鄭重婉拒了。鯉魚是很吉利的魚，既然這緋鯉不是普通的大，那麼吉利也一定不是普通的大。是的。相逢自是有緣，萬萬不可因爲身高不合而推卻。

「可以給我一條繩子嗎？我用背的。」

爲了不使氣勢輸給背上的緋鯉，我大大吸了一口氣，鼓起胸膛，像河豚那般將自己漲大一圈，威風凜凜地邁步而行。

從操場走進綜合館，那些平常爲求學而設的教室，以另一番截然不同的風貌迎接我。華麗如畫軸一一出現在眼前的，都是才能卓越的學生付出青春的汗水與淚水，絞盡腦汁完成的嘔心瀝血之作。那正是青春的劇場。這還是我第一次參加學園祭，一時間不禁看得忘我。

沒多久，我發現了「酒精研究會」的攤位。愛酒的我不由自主地一陣顫抖，搖了搖背上的緋鯉。大白天就在學校喝酒……這背德的愉悅一定會讓酒更美味吧。進去吧，進去吧！一踏進去，我就看到小小的手工吧檯上蒐羅了各種品牌的酒，好一個美好而迷人的酒世界啊。

一位眼熟的女子坐在店裡，與其他男學生聊天喝酒。她是羽貫小姐，我是在夜晚的木屋町認識了她。

「羽貫小姐，妳好。眞是奇遇呀！」

「哎呀！好久不見了。來來來，喝吧！」

她頻頻打量我。「妳幹嘛背著那隻緋鯉？」

「我運氣很好，在射鏢攤射中的。」

「那麼，讓我們爲大緋鯉和妳的幸運乾杯！」

於是我喝了以蘭姆酒爲基酒的雞尾酒。

「羽貫小姐不是學生，怎麼會到這種地方來呢？」

「因爲樋口邀我來看好戲。」

「樋口先生也來了嗎?那眞是太好了。」

「要找他嗎?他在那邊的樓梯間。」

樋口先生總是身穿舊浴衣、自稱職業是天狗。若將我上大學以來認識的人,以莫名其妙的程度依序從東大路由北向南排下去,樋口先生肯定站在這不可思議行列的最北邊。既然他在這學園祭露面,就表示天狗只是他行走江湖的假面具,他眞實的身分其實是大學生?「樋口先生,你究竟是何方神聖……」我心裡這麼想,跟著羽貫小姐走。只見她穿過走廊,下了樓梯。

貼了許多傳單的樓梯間,擺著一張暖桌,樋口先生和一位陌生男子兩人正吃著火鍋。竟然在青春的汗水與淚水四濺的感動大祭典當中悠哉地吃鍋!這我行我素的泰然自若實在令我佩服萬分。

「喔!又見面了。」樋口先生微微一笑。

「眞是奇遇。」

「來,妳也來大啖豆漿鍋吧!」

我和羽貫小姐一起鑽進暖桌,我邊坐下來邊說:

「暖桌的季節到了呢,好暖和喔。」

「可不是嗎?這叫做韋駄天暖桌。」

「明明是暖桌，怎會叫做韋馱天呢？」

「因爲會到處移動。都怪事務局太囉嗦……啊，對了，抱歉還沒爲妳們介紹。這位是內褲大頭目。」

樋口先生指著坐在一旁的男子說。這位內褲大頭目不知是否仿效樋口先生，也穿著舊浴衣。輪廓突出的長相，彷彿將不屈不撓的鬥志緊緊鎖在眉間。他的體格很壯碩，只見他挺直了背脊，態度磊落大方。我想，若生逢其時，他一定是一國一城之主。他一看到我，大大的眼睛轉了轉，默默行了一禮。

「他一年前爲了某事向吉田神社許願，發誓在願望實現之前不換內褲。若斷然執行，鬼神爲之走避，愚公亦可移山。終於，他改寫歷代紀錄，打敗各社團的內褲頭目，榮登內褲大頭目的寶座。」

「內褲大頭目……這應該不是美名，是污名吧？」

羽貫小姐這麼一說，樋口先生便搖頭。

「妳不懂其中的浪漫嗎？」

「這種骯髒的浪漫誰要懂啊！」

「那麼，您一直穿同一件內褲……？」

我心驚膽戰地問，內褲大頭目重重頷首。啊啊！神啊！請保佑這個不顧一切不換內褲的男人，別讓他染上各種下半身的疾病！

他發覺我正慢慢移出暖桌，便舉起手說：「請放心，我沒有坐進暖桌裡。」

一看之下，他的確端坐在暖桌之外。他儘管咬牙決定在自己選擇的道路上勇往直前，仍不忘對周遭的人細心顧慮，實在令我萬分欽佩。多麼紳士的一個人啊！

「哪裡，這是身爲內褲大頭目應有的禮貌。」

「人類不換內褲也活得下去嗎？」

「雖然下半身很快就生病了。」大頭目露出可親的笑容，「但我照樣活得好好的。」

豆漿鍋很美味，與樋口先生、羽貫小姐和內褲大頭目在一起很愉快，但我身負重任，要利用餘時不多的午後徹底看遍學園祭，於是我只好含淚向舒適的韋駄天暖桌告別。樋口先生揮手說：「我們神出鬼沒，運氣好會再見面的。那隻緋鯉眞教人羨慕。妳眞是拿到一樣好獎品啊！」

離開韋馱天暖桌，我去參觀教室裡的展示。

若要例舉印象深刻的作品，首先不能遺漏的，非電影社「御衣木」獨立製片的電影莫屬。片名叫《鼻毛男》，導演以紀錄片手法，敘述一個鼻毛一天會長一公尺的男子失去工作和情人的落魄情狀，眞是一部傑作。我看得手心直冒汗，心想要是自己的鼻毛出了那種事該怎麼辦，結局讓我淚濕了手帕。拍出這部片的人可眞是天才。不過奇怪的是，拉起遮光窗簾的教室內流淚的只有我一個。為什麼大家都在笑呢？要是鼻毛長了一公尺，我根本連笑都笑不出來。

在落語研究會聽到〈乙女山〉這不可思議的故事，讓我捧腹大笑；在鬼屋裡因爲太害怕，對吊掛的蒟蒻施以朋友拳；在美術社裡請人畫了肖像畫，緋鯉也一起入畫；在一個叫做京福電鐵研究會的社團裡，看到了三層電車模型，據說那是以前連接京都與福井的夢幻鐵路使用的，樣貌奇特，我實在欽佩。

唯一的遺憾便是無法進入「萬國大祕寶館（閨房調查團青年部）」。「大祕寶館」這響亮誘人的名字勾起了我的好奇心，但他們說「這不是妳該來的地方」，讓我吃了閉門羹。我哪裡不對了呢？終究獲准入內的只有男性，他們個個呵呵笑著，在裡面做些有趣的事。眞是令人不甘心。我的好奇心如棉花糖般無可扼抑地愈捲愈大，然而幾度嘗試偷渡都被趕了出來，眞教人無限遺憾。

儘管遭遇這樣的挫折，我仍將大致的展品都看過一遍，玩得很開心。然後，我遇見了至今仍難以忘懷的「大象屁股」。

讀者諸賢，好久不見。

請想像一番。

好比在這裡，有一部「鼻毛一天長一公尺的男人」這等不知是何人爲何目的而拍的、莫名其妙至極的電影，然而一位心地善良的少女，看了這種電影竟然感動流淚；而且她鬥志激昂，以朋友拳與鬼屋裡垂掛的蒟蒻相對抗；她天眞老實，以誠摯的心傾聽「京都與福井曾經由一條鐵路連結」這種連篇鬼話。她甚至想硬闖「萬國大祕寶館」這等可疑展覽，好奇心極爲旺盛。再加上這位少女還背著一條與她清純可人的形象毫不搭調的巨大緋鯉。

這樣的她，會給人們留下什麼樣的印象呢？不言可喻。

自然是極其醒目。任誰見過她都無法忘懷。

尤其男人個個都是豬頭，絕大多數都頭腦短路，紛紛把她的好奇與心地善良誤解爲對自己的好感。我一問起她，他們無一例外地以一副愛苗開始萌芽的做夢眼神，喃喃說道：「背著緋鯉的女孩，我看到了啊。她眞是個好女孩，眞是好女孩！」

看到情敵風起雲湧地陸續現身，著實令我焦躁不已。我眞想抓住他們的肩膀，大聲宣告：「她根本沒把你們放在眼裡！」然而話還沒說出口，原想朝對方施放的毒舌之箭，便以加倍之勢反彈回來，讓我呻吟中箭：「可惡！她眼中也沒有我！」

她的足跡有如水池中的踏腳石，點點持續，我追尋著她的腳印，步步深入白痴祭典，卻始終只聞其人不見其影。

我未能與她相遇，卻碰上了「大象屁股」這詭異的展示品。我一不小心說出「什麼鬼東西啊，無聊！」這等失禮言語，結果激怒了櫃檯女子，她氣得讓大象屁股噴出異臭氣體。眞不愧是來自屁股的創意啊。由於那味道實在是奇臭無比，我連滾帶爬地逃了出來。眞是慘上加慘。爲了洩憤，我在走廊上又踢又踹發洩了一番才離開。

我一從廁所出來，便看到一個奇人跳舞似地走在走廊上。看那背影，應該是在街上經常遇見的學長。他平常是個沉著穩重的人，現在卻對地板又踢又踹的，像是很生氣。只見他搔頭抓耳，下了樓梯。

我往學長走來的方向一看，走廊上有個大大的招牌畫了一個大象屁股。又是一個好迷人、好可愛的店名啊！在好奇心的驅使下，我走了進去。

只見一個憂鬱的美女孤伶伶地坐在充當櫃檯的課桌前，再過去便掛著厚布簾，看不出在展示什麼。櫃檯的女子盯著自己手上的東西，專心將幾個不倒翁串連起來。我一出聲，她應聲「是」抬起頭來。

「請問這是什麼展示呢？」

「可供人摸大象的屁股。」

「是眞正的大象屁股嗎？」

她露出春風輕撫鴨川堤防般溫柔的微笑。

「不是眞的。不過我已經盡可能做出接近眞實的觸感了。」

「那麼我要摸摸看。」

我進入以遮光厚布簾遮起的教室，牆上突起一個碩大無朋的圓形物體，以電燈的照明打光。看上去就像隔壁教室有隻大象屁股陷進牆裡，動彈不得。即使明知是假的，要伸手去摸仍教人又喜又羞。我難爲情地摸了摸，那又粗又刺差點讓手擦破皮的觸感令我大吃一驚。我不由得喊痛，布簾後的櫃檯女子問說：

「妳還好嗎？」

「不好意思，我沒事。」

我心想，原來大象屁股竟是如此嚴肅！乍看之下雖然諧趣，不過其實相當凶殘，能將半吊子的理想一舉粉碎、露出獠牙咬人。我來回撫摸大象的屁股，讓我的手心記住現實的嚴峻。

櫃檯的女子從布簾後窺探，說：

「妳好認眞喔。摸得這麼認眞的，妳還是第一個。」

「這眞是個絕妙的好主意，讓我知道了現實的嚴峻。」

「是吧。就是這麼刺人。光從電視上看，看不出來吧。」

「這是妳做的嗎？」

「對。花了很多時間。」

「畢竟是一項大作呀！」

然後我和她一齊仰望大象屁股。

「不過啊，無論有多刺人，妳不覺得大象屁股還是很好嗎？」她說。

「同感。大大圓圓的。大大圓圓的東西，都是好東西。」

「地球也是大大圓圓的呢。」

我們一起笑了。

話說回來，展示超寫實的大象屁股供眾人撫摸，令人從中了解現實的嚴峻，這是多麼嶄新而寓意深遠的創意呀！回到走廊後，我滿心欽佩。「大家想出好多有趣的點子喔！」相較之下，我這人多麼乏味。從今以後，我一定要累積有意義的經驗，增廣見聞，在不遠的將來觸摸眞正的大象屁股，成爲一個胸懷大器、不輸緋鯉的成熟女子！順便再長高一點！——我期許自己。

不久，我回到剛才韋駄天暖桌所在的樓梯間，但已經不見暖桌蹤影。眞不愧是韋駄天。樓梯間裡什麼都沒有，只擺著一個蘋果大小的不倒翁。我與那不倒翁對望，心想：不倒翁也是圓圓的呢。

「可愛者啊，你的名字就叫不倒翁。」我說著摸摸不倒翁。

這時候，近處響起鏘鏘鏘高亢的鑼聲，接著聽到有人發出：「迴避——！」

「肅靜——！」等不可思議的呼喊，幾個學生匆匆聚過來。他們取出深紅色臂章，俐落地掛在手臂上。

「下午兩點，《乖僻王》開演！」

敲鑼的女子嘹亮的聲音從樓梯間響遍了整條走廊。

「第四十七幕！」

我為他們的氣勢所懾，退到樓梯下的走廊，搓著雙手好不興奮。出其不意地在走廊上演戲，這也是嶄新的創意呀。聽到風聲的學生紛紛聚集而來，立刻形成黑鴉鴉的一片人海。撥開人群來到我身邊的，是獨立電影社「御衣木」的社員。攝影師視線和我相對，說道：

「哦，是妳啊。剛才謝謝妳來捧場。」

「你們要拍這齣戲嗎？」

「我們是乖僻王特別追蹤小組。」

敲鑼的女生從腰間的線軸抽出繩子，在樓梯間拉起了線。這期間，其他團員迅速拉長伸縮自如的棒子架好，拉起黑布充當背景，連一分鐘都沒有浪費。樓梯間轉眼成了臨時劇場。然而上演在即，他們卻停止了動作，湊在一起。

「公主還沒來。」

「終究沒逃掉嗎？」

「妳來演吧?」一個男團員低聲說道。

「我專做小道具。」

腰間掛著線軸的女生說。下一秒,她朝我這邊看,好像是盯上了我的緋鯉。她以一副「找到了,別跑」的神情跑下階梯,我連忙護住背上的緋鯉。

「妳要不要代演?」

別看我這樣,以前我也曾在客廳、公園一角開過獨奏會呢,對表演並非全無經驗。不過我沒有自信能夠符合這些專業人士的要求。看我猶豫不決,她便遞給我一張紙,上頭寫的是劇本,她說:「快!就照這念!」

我大大吸了一口氣,盡可能讓自己的身子圓鼓鼓的。

剛才在大象屁股展示館,我得知現實殘酷的觸感,發下豪語要累積種種經驗,將來要成大器。要是這時候夾著尾巴逃走,我將因言行不一成爲笑柄,直到千秋萬代。更重要的是,初次參加學園祭,就能受託演出要角,也是緣分。

我點點頭接過劇本,邊讀邊上樓。負責小道具的女生幫我披上披肩戲服。

「沒問題吧?可以邊看劇本邊念台詞沒關係。」

「沒問題,我已經記住了。」

《乖僻王》

第四十七幕　舞台：綜合館樓梯間

——獨立製片的討論結束，電影社「御衣木」代表相島帶著攝影器材下樓。不倒翁公主擋住了他的去路。

不倒翁：「你是電影社『御衣木』代表相島嗎？」

相島：「埋伏暗處，出口便直呼別人名諱，無禮之至。先報上名來。」

不倒翁：「天靈靈，地靈靈，人靈靈，上天要我懲罰你。既然你想知道，告訴你也無妨。我乃不倒翁公主。縱使你不知本公主之名，總該聽說過乖僻王這個名號。」

相島：「沒印象。」

不倒翁：「那我就讓你想起來！」（撲上去以繩索綁住相島）

相島：「妳竟然動粗！我要叫警察！」

不倒翁：「給我聽清楚。乖僻王爲閨房調查團青年部所誘看黃色書刊時，竟遭人偷拍下影片並播出上映。受到此番奇恥大辱，高傲的乖僻王直接找偷拍者談判，卻從此音訊全無。閨房調查團已招認——這卑劣下流的拍攝者，正是電影社『御衣木』的代表相島你。」

相島：「不知道就是不知道。」

不倒翁：「好啊，就看你了！此處剛好有一大堆青豆，你要我把你鼻孔裡塞滿這些青豆的樣子剪輯起來，以『醜臉』爲題在電影祭上播映嗎？」

相島：「喔喔！萬萬不可！饒了我吧！我的美貌啊！」

不倒翁：「那你最好從實招來。我的心上人乖僻王如今身在何處？」

相島：「我招、我什麼都招！乖僻王對電影向來有獨到見地，在學園祭的上映會取笑我的電影，酷評爲『電影之恥、日本之恥』。顏面掃地的我恨他入骨也是人之常情。爲了報復，我與閨房調查團青年部事先串通，計畫趁乖僻王沉浸於淫猥之書時偷拍不堪入目的無恥情狀。我們的陰謀順利得逞，逼眞的影片在上映會中造成轟動，青筋暴露的乖僻王上門來理論時，我心裡的痛快眞是永難忘懷。但是，接下來我便不得而知，因爲抓住來砸店的乖僻王、將他帶走的是……」（支吾其詞）

不倒翁：「招出那幕後黑手的名字！」

相島：「我當知無不言、言無不盡，就是那詭辯社的人。他們才是豬狗不如的噁爛大學生，良心肚腸都爛光的自我中心混蛋，滑不溜丟地玩弄詭辯、奸邪佞幸的鰻魚。我和閨房調查團青年部不過是他們的爪牙。他們曾因詭辯辯不過乖僻王而懷恨在心，爲了教訓乖僻王，不知將他帶往何處了。」

不倒翁：「原來如此！」

相島：「求公主開恩。」

不倒翁：「不，不能原諒。我要讓你嘗嘗乖僻王身受的恥辱。讓美麗碧綠的青豆撐起你的鼻孔，讓你丟臉丟到全天下去。」

相島：「哇——！請饒了我的鼻子！我的美貌！我的女人緣！」

不倒翁：「（將青豆塞進相島的鼻孔裡）詭辯社——這可恨的名字，我已牢記在心！」

我一說完最後一句台詞，黑色的幕便落下。隨即響起的拍手喝采，讓我重溫睽違已久的澎湃激動。更不敢當的是，飾演相島一角的團員將青豆從鼻孔噴出，稱讚我說：「演得好極了！竟然一眨眼就背好那麼長的台詞。」

「如果妳願意，下次也一起演吧。第四十八幕多半是在北門前。」

團員們轉眼間便將舞台拆解，解下臂章。負責小道具的女生一喊「解散」，他們便往四面八方飛奔而去。有如南柯一夢，那裡又變回原來平凡無奇的樓梯間，觀眾也三三兩兩地散了。只見電影社「御衣木」的社員一邊收拾攝影器材，一邊說著：「沒想到會演到我們社團，相島那傢伙一定氣壞了。」

當時，有個不倒翁不知被誰踢了一腳，滾啊滾的滾過去。可愛者啊，你的名字叫不倒翁。我去追逐不倒翁，它卻不可思議地直往前滾。

「好會滾者啊，你的名字也叫不倒翁！」

「這位大哥，有很多好東西喔，看了保證興奮。」

在無人的昏暗走廊，一個看來不太健康的學生一個勁兒靠過來對我說。

「這是我們引以爲傲的收藏，男士限定的黃色世界。」

就這樣，我被帶進去的地方，是一個叫做閨房調查團青年部的社團在校舍一隅偷偷製作的「萬國大祕寶館」。教室窗戶以遮光布簾擋住，室內昏暗，在猥褻的桃色燈泡照明中，教室裡網羅了種種與男女性行爲相關的資料，內容遍及古今，橫亙東西，充滿了嗆鼻的男人味。教室一角的充氣娃娃（展示資料）端坐在椅子上，據說是團長賣了一整個暑假的煙火買來的。白痴精髓可謂盡在此間。占據神聖的教室，舉辦如此低級下流的展示會，同爲大學生，我替他們感到可悲，但願他們懂得什麼叫羞恥。

我仔細檢閱展示品以養浩然之氣，但此時入口一帶吵嚷起來。戴著事務局臂章的人推開阻擋的團員硬闖了進來，其中也有事務局長的身影。他一看到我，便「喂喂」苦笑。

「你也是好色之徒啊！」

事務局長板著一張臉，巡迴此間桃色教室，隨手拿起資料翻閱。

「實在糟糕。這東西太猥褻了，會出問題。」

事務局長低聲說道。

「猥褻調查團，請你們適可而止。」

「我們不是猥褻調查團，是閨房調查團！」

「都一樣。反正，這裡只好請你們撤了。」

只見閨房調查團青年部的團員聚在一起商量了一會兒，然後將幾本寫眞集放進袋子裡交給事務局長，臉上堆起討好的笑容。

「這個是最近發掘的新資料，不嫌棄的話，請局長笑納。今後學園祭的運營，這類資料也是不可或缺的吧？」

事務局長以凝重的臉色接過來，靜靜地翻閱。仔細調查那些「新資料」後，他指著其他的展示品，說：「這個應該也有參考價值。」眾團員連忙將他指示的東西交給他。事務局長翻翻寫眞集後點點頭。

「這些資料果眞是不負祕寶館之名，可增長見識。」

事務局長與眾團員堅定握手。

「務必要注意，不能讓未成年與女性入館。」

我和事務局長一起走出教室，對他說：「你這個惡棍。」

他笑著回應：「我還要去下個地方，剛才那裡上演過《乖僻王》，可惜我們趕到時已經結束了。」

「我看你算了吧？」

「那可不行，這是工作。你呢？還沒見到她嗎？」

「找不到，沒辦法。」

「看來我們都很辛苦啊。你要追她，我要追乖僻王。」

「她背著一條大緋鯉。你有沒有看到這樣的女生？」

「哦，就是那女孩嗎！我剛才在北口和她擦身而過。」

然後事務局長一臉納悶地說：「她好像在追滾地的不倒翁。」

我與要返回本部的事務局長分手，自綜合館向北走。面東一条通的北門前也有許多攤位，人滿爲患。

天陰了，更添寒意。我嗅到冬天孤寂的味道。

反正今年冬天，吹遍黯淡街頭的北風一定也會將我赤裸裸的靈魂颳得體無完膚，讓我獨自一人寂寞地感冒。這是每年的例行公事，向來如此。而某一天，當我拖著發燒火燙的身體到便利商店購物時，忘形吵鬧的無恥之徒將如抬神轎般扛著蛋糕、烤雞，從我眼前疾馳而過。街上輝煌的燈飾看在發高燒的我眼裡，一定會顯得美麗無比吧。我心中則泛起爲何今宵街上如此燦爛明亮的疑問，爬上通往住處的坡道，然後驟然驚覺：啊啊，對了，今晚是聖誕夜啊——

此時此刻，我爲做好迎接苦鬥季節的準備，物色起舊衣，然而舊衣衣架後卻突然飄來誘人的食物香味。我掀開衣服探頭一看，一個眼熟的浴衣男子正坐在暖桌裡吃火鍋。

「啊！樋口先生，你怎麼會跑到這裡來？」

「喔，是你啊。夏天的舊書市集以來就沒看過你了。來吃豆漿鍋吧！」

這一頓來得眞是時候！我爬進了暖桌。除了樋口氏，還有大酒桶羽貫小姐，以及一個不認識的大學生。羽貫小姐趴在暖桌上，喝著杯裡的酒。我一進暖桌，她就想舔我的臉。我驚險躲開，羽貫小姐像頭怪鳥般咯咯發笑。天都還沒黑，她的醉態便已接近完成式了。

「歡迎來到韋馱天暖桌。」樋口氏說。

「哦，原來這就是事務局長在追緝的暖桌啊。」

我傻眼地說。「怪事背後總是和樋口先生扯上關係！」

「喂喂，別捧我了。」

我吃了熱呼呼的豆漿火鍋，暖和了身子，但實在無法不在意旁邊那個不發一語的神祕大學生。只見他表情嚴肅地一直寫東西。看我不時偷瞄他，吸著馬鈴薯粉條的樋口氏便替我介紹。

「他是內褲大頭目。」

這威震全校的大名我也有所耳聞。我懷抱著又敬又畏的心情，看著這沉默寡言的男子。

「你怎麼會當上內褲大頭目？」

「這是個可歌可泣的故事。」

樋口氏說完，要內褲大頭目自己解釋，於是他放下筆，從暖桌裡取出一個小小的不倒翁，並將不倒翁一分爲二，把剛才寫好的文章摺得小小的放進裡面，又將不倒翁復元。他默默完成這奇特的手工作業，將完工的不倒翁放在暖桌上，然後才總算面向我，開始訴說。

「那是一年前的學園祭了。我認爲學園祭不過就是場無謂的鬧劇，本來不想來的，但系上的朋友要演出舞台劇，只好不情不願地來了。距開演還有一點時間，我便在法學院的中庭休息。那裡有個集廢物而成的骯髒舞台，我就在舞台一角坐下發呆。過了一會兒，來了一個女生，她一副疲憊的樣子，也和我一樣坐下。一開始我只是想：有個女生坐著，如此而已。這時，下起了蘋果雨。」

「蘋果雨？」

「後來打聽的結果，是法學院有個教授在攤位買了蘋果準備帶回研究室，結果在走廊上摔了一跤，失手扔了出去。蘋果從窗戶飛出來，落在中庭裡。紅紅圓圓的東西從天而降，我心想不知是什麼便站起身來，這時不經意看了身旁的她，而她也看著我。我們四目相對，那一剎那，蘋果各自掉到我們頭頂，碰地彈開——我便是在蘋果彈起的那一刻愛上她的。」

內褲大頭目露出遠望的眼神。

「那正是如假包換的一見鍾情。」

男人爲愛瘋狂的表情我看多了，卻從未見過此刻的他這般陶醉的面孔。我連消遣他的心情都沒有，因爲他正是處在所謂的「全身戀愛中」狀態。

「我和她按著頭呻吟了一會兒，然後不由得笑了出來。再怎麼說，蘋果從天而降，在彼此頭上彈跳，可不是常有的事。當時我的腦頓時充血，事後根本不知道自己究竟說了什麼，只記得她以銀鈴般的聲音說起深大寺的不倒翁市集，她說她喜歡不倒翁，最喜歡小小圓圓的東西……」

說到這裡，他面露悲傷之色。

「可是，當時我不知道該如何是好。畢竟我和她的關係，只是彼此的頭都被蘋果砸中而已，這樣就要問聯絡方式實在太冒昧了，所以我只能談些無傷大雅的事，談著談著，她的朋友叫她，她便走了。分手之後，我一直無法將她忘懷。我想再見她一面、再聽聽她的聲音，可是不管在大學裡怎麼找，都遇不見她。我愈來愈痛苦，到最後受不了了，便痛下決心，向吉田神社發願，除非與她重逢，否則我不會脫下身上這件內褲……」

樋口氏雙手抱胸，佩服地點著頭。

「然後他就得到內褲大頭目這個頭銜了。眞是件佳話，男人中的男人啊。」

「好好一個人，可是施力點根本就錯得離譜，你說是吧！」

酒喝個不停的羽貫小姐喃喃地說。

的確，他的立意雖美，作爲卻根本是朝目的地的相反方向全力疾馳。我爲他全力反向奔馳的壯舉表示讚歎，請他和我握手。因爲這種「不得不然」的生活方式，我實在無法置之度外。

「但願你能與她再次相逢。」

「我相信我今天一定能見到她。爲此，我做了多方準備。」

我站起來。「沒錯，我也不能在這裡悠哉吃鍋了。我得親手打造快樂大結局——就算有些方便主義又如何！」

「你要走了？」

鑽進暖桌的樋口氏問道。羽貫小姐則打了一個呵欠。

如此這般，我再次邁開腳步——只是伊人究竟身在何方？

同個時間，我對先前看到的一家掛著「男汁——黑色混蛋」招牌的攤位感到好奇，便回到操場。黑色混蛋的眞面目，原來是紅豆湯圓。

右手紅豆湯圓，左手不倒翁，背上緋鯉，我以如此氣派的裝扮在操場上來去。我很怕燙，無法立刻喝下紅豆湯圓，但天色陰了，又吹著冷風，紅豆湯圓很快就降到不燙舌的溫度。而我的背上有緋鯉守護著，還暖烘烘的。

操場上除了賣食物的攤位之外，還有街頭賣藝者，以及供人紓解壓力的受氣包攤位。只見每個攤位都下了工夫，大家團結一致，齊心炒熱學園祭這個奇特的祭典。眞是太美好了。吃完紅豆湯圓，我到紓解壓力的攤位付了錢，餵沙包吃了我的朋友拳。

身體暖和之後，我離開了操場，朝北門走。那裡也有各式各樣的店鋪，賣熱狗、烤飯糰、可麗餅，賣舊貨、手工飾品和二手衣等等，就像黑市般充滿活力。一個大型的假面騎士V3模型吸引了我的注意，我坐下來欣賞，沒多久發現旁邊又坐了一個人。那人看到我，便說「妳好」。原來是那個提出「大象屁股」這種嶄新企畫、讓我知道大象屁股有多嚴峻的女生。

「眞是奇遇呀。」

「遠遠的我就認出妳來了，因爲妳背上的緋鯉太醒目了。」

「妳不看著大象屁股沒關係嗎？」

「沒關係。我請朋友代班，而且不久就要拆了。」

「咦！要拆掉嗎？眞是太可惜了。」

「因爲，大象屁股待在教室裡，不就不能上課了。」

她拿著一串以繩子串起的不倒翁。我指著說「好棒喔」表示讚歎，她高興地點點頭：「我撿到很多不倒翁，就把它們串起來了。」

「眞是嶄新的創意，我喜歡不倒翁！」

「我也是。我喜歡小小圓圓的東西。」

我把我撿到的不倒翁給她看，她則說要把串起來的不倒翁給我。我感激地收下，掛在脖子上。她笑著說：「妳眞有趣！」

接下來我們倆一起逛攤位，發現一家店堆了一箱箱蘋果。儘管一日一蘋果能打造天下無敵的健康身體，但我背上有緋鯉，左手有不倒翁，右手拿著可麗餅，脖子上也掛著不倒翁項鍊，全身上下騰不出地方。看我煩惱不已，看店的學生建議我拿左手的不倒翁交換蘋果。反正我有很多不倒翁，便順水推舟接受這個建議。於是，握在左手的不倒翁，變成了紅豔豔的蘋果。大象屁股的女生也買了一個。

我們在北門邊坐下，啃著蘋果聊天。

「您怎麼會想要製作大象屁股呢？」

她用衣服擦擦果皮，美麗的眼睛注視著蘋果。

「那是去年學園祭的事了。我和朋友約在法學院中庭，那裡搭了一個舞台，卻沒有人在用，有一個男生坐在那裡，我便也在那裡坐下。就在我無聊發呆的時候，天上下起了蘋果雨。」

「那天的天氣，還眞是不可思議呀。」

「原來是有人從法學院的窗戶扔下來的。只見紅色果實紛紛落下，我吃驚地站起來，轉頭看向旁邊的男生，他也看著我。就在那一瞬間，我看到蘋果掉在彼此的頭上碰地彈開了。天底下就是有這種巧合。雖然很痛……但是我和他都忍不住笑了——然後我們聊著天。他是個非常有意思的人。我不記得自己說了些什麼……但是他提起了大象屁股。」

她嘻嘻笑了，轉動手上的蘋果。

「不久因爲朋友來找我，我和他便分開了。學園祭結束，恢復到平常的生活，日子就這樣過去。可是，我動不動就想起他，滿心都是他和大象屁股。因爲那天和他的對話，我還記得的，就只有大象屁股而已。我在大學校園無論怎麼找，都找不著他。有一天我突然想到一個主意，決心在下次的學園祭做大象屁股，而且專心做東西的過程也能忘掉痛苦……」

「所以，那是個滿懷愛意的屁股啊！」

「只要在學園祭掛起大象屁股的招牌，也許他會感興趣來看看，不是嗎？」她喃喃地說：「可是事情好像無法盡如人意。」

多麼美麗、多麼感人的故事呀！我向來與戀愛無緣，無法分擔她深藏內心的痛楚，即使如此，要是我也陷入同樣的戀情，一定也會全心全意做起大象屁股的，一定是的。我想像她掛念著那名男子而投入創作的模樣，差點落淚。

就在此時。

掛著深紅色臂章的劇團團員從綜合館穿過攤位跑過來，其中一人便是腰掛線軸的女生。她一看到我，便滿臉生輝喊著：「找到了！」她朝我用力揮舞一只從地上拾起來的不倒翁，喊道：「出場了！出場了！」我擦擦眼睛，站了起來。

「下午三點，《乖僻王》開演！」

那女生嘹亮的聲音響徹廣場。

「第四十八幕！」

《乖僻王》

第四十八幕　舞台：北門

——第二十五屆詭辯研討大會結束，詭辯社主將芹名雄一走來。他邊走邊一臉正經地跳著詭辯舞。不倒翁公主擋住他的去路。

不倒翁：「你就是詭辯社主將芹名嗎？」

芹名：「我行不改名，坐不改姓，正是詭辯社主將芹名雄一。來者何人，報上名來！」

不倒翁：「我乃不倒翁公主。縱使你不知本公主之名，總該聽說過乖僻王這個名號。」

芹名：「我不認識名字這麼乖僻的人。」

不倒翁：「給我裝蒜！」（撲上去以繩子縛住芹名）

芹名：「妳竟然動粗！妳想法庭上見嗎！」

不倒翁：「給我聽清楚！我抓住電影社『御衣木』代表相島，以誠心感化了他。相島坦誠招供，說你們詭辯社痛恨乖僻王，強行將他帶走。這樣你還要裝蒜？」

芹名：「不知道就是不知道。」

不倒翁：「好啊，就看你了。此處正好有件丟人現眼的桃紅四角褲，讓你穿上，把你丟在百萬遍十字路口也是一樂。」

芹名：「桃紅色！而且還是四角內褲！喔喔，世上沒有神明了嗎！」

不倒翁：「那你最好從實招來。我的心上人乖僻王如今身在何處？」

芹名：「我招、我什麼都招。乖僻王才是天生的詭辯論者。隨口扯屁的本事一如滑不溜丟的鰻魚，連日夜磨練不輟的我們都相形失色。我們在學園祭裡主辦『米飯原理主義者VS麵包聯合組織』詭辯大賽，乖僻王在會場上將我們修理得連哼都哼不出一聲。詭辯社竟然在詭辯上輸得一敗塗地，是可忍孰不可忍，這等恥辱教我們不恨乖僻王也難。我們將他帶走，原本是打算封住詭辯連連的那張嘴，但是又有人將他從我們手上帶走……」（支吾其詞）

不倒翁：「招出那幕後黑手的名字！」

芹名：「我當知無不言、言無不盡，就是學園祭事務局的人。他們視以興風作浪爲生存意義的學生爲公敵，是只願一切風平浪靜的無事主義者。他們爲了讓學園祭平安落幕，將學園祭恐怖分子乖僻王監禁在某處。」

不倒翁：「原來如此！」

芹名：「求公主開恩。這一切都是陰晴不定的命運女神的捉弄，我是機緣巧合下被迫扮演惡人角色的可憐人。從今而後，我將洗心革面，發誓效忠公主，為拯救乖僻王，上天下海在所不惜。」

不倒翁：「善於騙倒女人的三寸不爛之舌指的便是你這種人。大言不慚假作不知的話言猶在耳，竟連『上天下海在所不惜』都說出口了。遇上機緣巧合便樂得趁機為非作歹，眼見苗頭不對，就拿命運女神當擋箭牌。像你這等輕薄男子，與這桃紅四角褲再適合也不過了！」

芹名：「哇——！饒命啊！那麼低級下流的東西！」

不倒翁：「（讓芹名穿上桃紅四角褲之後，起身握拳）學園祭事務局——這可恨的名字，我已牢記在心！」

閉幕後掌聲未歇，劇團團員便匆匆拆解舞台，如忍者般混進人群而去。沒有片刻耽溺於成功之樂，態度之嚴謹，真令人驚歎。臨去之際，負責小道具的女生拍拍我的肩，說：「那下回見。」

我演完後正鬆一口氣，那個大象屁股女生向我走來。她潮紅的美麗臉龐綻放笑容，說：「我還是第一次觀賞《乖僻王》。」

「妳演得眞精采，聲音都不一樣了呢。」

「不敢當。」

「那我走了。要分手固然遺憾，但我該去準備收拾了。」

儘管依依不捨，我仍在此與她分手，走出北門。然後過了東一条通向北而行，出發到校本部探險。

從正門向北進入校園，熱鬧的攤位背後，鐘塔高高聳立。朝工學院的方向走去，有個攤位在賣糖蘋果。糖蘋果！這才是擺攤的王道啊！我高興地買了一個。甜甜圓圓的東西，一定是好東西。

我邊走邊舔可愛的糖蘋果，察覺到一股微微騷動的緊張氣氛。我往那個方向走，發現兩棟工學院的教室之間有一條狹窄的小巷，裡面擠滿了人。每個人都屏氣仰望著天空。我跟著仰頭往天上看，嚇了一跳，兩棟教室之間竟連著一條繩索，有個手持一根長棍的男子正慢慢走在上面。我向一個圍觀的人打聽，聽說這名男子在相鄰兩棟的二樓綁起繩索，走完之後換三樓，再接下來是四樓，像這樣一點一點加高，現在已經到五樓了。眞是一個不知愛惜生命的冒險人士！

不久那男子走完，圍觀的人都鬆了一口氣。

我一方面讚揚他的冒險精神，另一方面又認爲不能不告訴他不可以做這種玩命的事，於是在使命感的驅使之下，我進了他走過去的那棟教室。然而我上了樓，卻無法到達五樓。因爲樓梯被一隻大大的紙糊招財貓給擋住了，牠無論如何都不讓我過去。我有些不高興，不過那隻招財貓造形實在精緻，而且體型大得直衝天際。我忘了最初的目的，戳戳那渾圓柔軟的肚子大感欽佩。

「我要把那條緋鯉吃掉喔！」

招財貓忽然開口，轉動眼珠子發出異光。

我當時的驚駭眞是筆墨難以形容。本來想告誡走繩索的冒險人士要愛惜生命，但我的這份心意已被嚇得飛到九霄雲外，當下落荒而逃。

眞的好遺憾，而且好恐怖。

我爲了定定心，先舔過圓圓的糖蘋果，才去逛在文學院旁的舊書市集。看著塞在紙箱裡的舊教科書、雜誌和唱片，我開心地想起在夏日舊書市集挖到寶的往事。夏日幸福的回憶和糖蘋果讓我的心圓圓地鼓脹起來，於是我又精神百倍，走進了法學院的教室。

大教室前擺了討論會的告示牌，我進去參觀，裡面掛著大大寫著「米飯原理主義者ＶＳ麵包聯合組織」的布條，台上坐著一排神色嚴肅的學生。

「這年頭還吃飯糰，一整個落伍到不如去被狗咬。」

「麵粉有什麼好吃的？日本人就應該吃米。」

兩方劈頭就開始毫無根據地對罵，教我吃了一驚。但是這樣的唇槍舌箭，就像相撲力士賽前互相扔淨身淨場的鹽一般，是種鼓舞鬥志的儀式。在那之後，才進入正式的討論。我請教旁邊的人，原來這場討論會是由詭辯社主辦的，活動是「將對於米飯或麵包沒有特別偏好的人們，大膽分爲米飯派與麵包派來辯論」。

至於我，麵包和米飯都喜歡。對不起，我是個看當天心情主義者。

不久辯論進入白熱化，主持人一度暫停辯論，徵求會場觀眾的意見。觀眾各自發表了鞭辟入裡的見解，然後主持人的視線停在我的緋鯉身上，問說：「那邊那位同學，意下如何？妳覺得呢？」拿著麥克風的人跑過來，要我說話。

「如果是妳，米和麵包，妳會選哪一個？」

我不禁陷入沉思。

我從可麗餅攤位的女生那裡取得人證，聽說背著緋鯉、掛著不倒翁項鍊的女孩往鐘塔方向走去，於是我趕往校本部。混在三三兩兩來來往往看熱鬧的人群當中，我走進正門，看到鐘塔在西斜的夕陽照耀下屹立不搖。

我追在四處招搖的她之後，在校本部內徘徊。聽說她買了糖蘋果，由於她與糖蘋果的組合實在太過迷人，令我情不自禁，也買了糖蘋果邊走邊舔。經過工學院時，看到在兩棟教室之間走繩索的笨蛋正好被事務局的人拖走。我心想：還眞是蠢蛋一枚。

剛踏入法學院，便再度聽到她的消息。據說一個身負緋鯉的嬌小女生，闖進詭辯社主辦的「米飯原理主義者ＶＳ麵包聯合組織」的討論會，主張「吃餅乾不就好了！」在會場投下一顆震撼彈。然而當我趕到法學院大教室時，討論會已經結束了，取而代之的題目是「四分之一世紀的孤獨」，針對沒有戀人歷時超過四分之一世紀的男子該如何與女性交往，徹底進行討論。場中的熱烈發言，莫不教我深受感動。

如此這般，我在冷風陣陣的新舊教室之間東去西回，但她的線索卻就此斷絕，杳然無蹤。我在校本部繞了一圈，回到正門。時間已過下午三點半，結束買賣的攤位開始拆解帳篷，附近悄悄染上了夕陽的氣息。

我看到推理研究會在鐘塔前的廣場一角擺了一張長桌，正在賣《乖僻王事件解體新書》。叫賣的人高喊：

「最後一幕就要上演了！只要一冊在手，前面沒看過也通！」

我順手買了一本。

這本書裝訂極其簡樸，不過是以釘書針裝訂的影印紙，但裡面有至今上演過的四十八幕《乖僻王》劇情大綱，以反派角色登場的各社團介紹，還有出場人物的關係圖。

「《乖僻王》的劇情架構是與主角不倒翁公主敵對的社團互相推卸罪責，黑幕之後不斷有其他黑幕出現。值得注意的是，由於實際存在的社團名稱一一出場，因此儘管此劇毀譽參半，所引爆的話題絕非一般街頭表演可比。其表演方式與營造話題的技巧，可說是《乖僻王》的精髓所在。結局請讀者自行前往觀賞。命中註定的兩人究竟能否重逢？乖僻王又被幽禁於何處？乖僻王又是名什麼樣的人物——」

我看得正專心，一張被風颳來的傳單勾住了我的腳。

撿起來一看，原來是預告《乖僻王》最後一幕的傳單。上面以誇大的文句寫著：學園祭史上永垂不朽、現在進行式的流動戲劇《乖僻王》即將完結！歷史性的一刻不容錯過！

一行特大的字寫著「女主角換人！」，看到那位新任不倒翁公主的肖像，我茫然呆立。只見美術社手繪插圖介紹的新任不倒翁公主，千眞萬確，就是她。我心想：在不知不覺中，事情竟已演變至此！她原就遠在那塡不平的護城河對岸，現在更是又走遠一步，她究竟要遙不可及到何等境地才肯罷休？在命運捉弄之下，她不知爲何挑起大梁，而我卻只能在料峭寒風中屈居於扮演一顆路旁石頭……

兩個手持傳單的男學生的交談傳進我耳裡。

「《乖僻王》的女主角好像換人了。」

「喔，什麼樣的人？是美人嗎？」

「聽說她扛著一條大緋鯉，掛著不倒翁項鍊。」

「……什麼鬼？難不成是妖怪？」

我在校本部失去了她的線索。但既然她主演《乖僻王》，應該會出現在上演的地點。我想收集《乖僻王》的相關情報，便回到吉田南校區，來到學園祭事務局。但事務局正處於混亂當中，無法從中獲得情報。

只見事務局人員個個蓬頭垢面，四處奔跑。桌上喇叭傳來通報：「喂，現在韋駄天暖桌正經過綜合館中庭，緊急請求支援！」但無人理會。事務局長從帳篷一角的寄物櫃裡拉出綠色網子，不顧朋友之義，斬釘截鐵地說：「我現在沒空跟你混。」今晚就要舉行閉幕晚會了，問題卻只增不減。

不要命的冒險人士在工學院教室拉起繩索上演走繩索，經一番格鬥加以逮捕。同樣在工學院教室，有人抱怨有巨大招財貓擋住樓梯；招牌遭竊、放置在店鋪旁的廢棄物無故消失等奇異竊盜案一再發生。韋駄天暖桌依舊神出鬼沒。乖僻王事件愈演愈烈，推理研究會甚至緊急發售《乖僻王事件解體新書》來搧動群眾；有人想將被車撞死的山豬拿來煮火鍋，不知爲何全校出現無數不倒翁，「成人錄影帶持久耐力上映會」發生了大亂鬥……

在這個混亂得有如遭暴風雨蹂躪的海船船艙中，相當於船長的學園祭事務局長終於爆發了。有生以來第一次，我親耳聽見活生生的人發出那種嚎叫。「嘰——」他站起來，朝分明沒人在聽的虛空發表演說。

「我們可不是毫無道理一個勁兒說不能這樣、不能那樣！我們會這麼囉嗦，還不是爲了那些愛鬧事的傢伙，設法讓他們的青春在現實中順利著陸，還不是爲了讓這學園祭能以平安大團圓結束！可是結果呢！沒有人心存感激！半個都沒有！做這工作也太倒楣了！每個人都爲所欲爲！你們以爲能像偷了機車的那天一樣，連目的地都不知道先跑了再說（注）嗎！」

他舉起拳頭大叫：

「啊啊！可惡！好羨慕！我也想跟他們同一國！」

在法學院的討論會引起熱烈迴響後，由於被告知「餅乾也是麵包的一種」，於是我成爲「麵包餅乾聯合組織」的一員，參加了示威遊行。我是第一次參加這類活動，心中不免大爲興奮，拿著標語牌的手也不自覺用力起來。只不過，這場示威遊行本來就是由「對米飯與麵包都沒有特別偏好的人」發起的，原本預定到操場的特設舞台上發表演說，但到了正門時大家都膩了，結果最後進入吉田南校區的，連我在內，只有三個人。其中一人對賣可麗餅的女生一見鍾情而脫隊，剩下那一位在吃飯糰墊肚子的時候被我看見，便含淚說：「抱歉，我還是喜歡飯糰。」說完就拂袖而去。

孤伶伶的一個人不能叫做示威遊行。我覺得好寂寞，便在操場與綜合館之間徘徊。背上有緋鯉，右手有標語牌，脖子上掛著不倒翁項鍊，打扮分明如此熱鬧繽紛，心中卻颳起陣陣寒風。日已西斜，更添寂寞，於是我好想見見認識的人。我想去找坐在韋駄天暖桌的樋口先生、羽貫小姐和內褲大頭目，也想找大象屁股的女生說說話。這時，我想起大象屁股女生說過要開始收拾攤位，便興起「去向偉大的大象屁股告別」的念頭。

於是，我橫越綜合館的中庭，卻發現有人把一只不倒翁放在那裡。今天時不時就能看見這可愛東西呢。

注：日本傳奇歌手尾崎豐的歌曲〈十五之夜〉，訴說青少年的苦悶與追求自由的心，副歌便有「十五之夜，毫無目的地，騎上偷來的機車狂奔」的歌詞。

就在這時候，我聽到了熟悉的鑼聲。戴著深紅色臂章的劇團團員從四面八方跑過來。負責小道具的女生敲著鑼來到廣場，對我微笑。她拿起地上的不倒翁，啵一聲分成兩半。原來劇本就摺起來放在裡面。她稍微掃視過劇本便遞給我，說：「來吧，要上場了。」

「下午四點，《乖僻王》開演！」

她嘹亮的聲音，響徹中庭四周的校舍。

「第四十九幕！」

第四十九幕　舞台：綜合館中庭

——自閨房調查團搜括了猥褻書籍的學園祭事務局長走出來，掩不住滿臉笑意。不倒翁公主擋住了他的去路。

不倒翁：「你是學園祭事務局長嗎？」

局長：「主宰學園祭的一切、無恥荒誕的邪惡帝王正是我。背負緋鯉、頸掛不倒翁首飾——不倒翁公主，虧妳能找到這裡來。」

不倒翁：「你就是那隱身於學園祭背後，吸食甜美的汁液、沉溺於沒收而來的黃色書刊、夜夜扮女裝爲樂的大惡人。傲慢地要求學生守規矩，自己卻百無禁忌，只許州官放火不許百姓點燈，卑鄙下流，自私自利。乖僻王挺身而出，便是爲了要你受天譴。」

局長：「（高聲尖笑）我既然自稱邪惡帝王，這等毒舌咒罵在我便如春風輕撫。妳的愚蠢與乖僻王如出一轍，以正義爲名，卻如蟲雀之擾，以致於有學園祭恐怖分子之譏。正義與我同在。與乖僻王到永不見天日的黑暗中哀悼自己的下半生吧！」

不倒翁：「果然是你帶走了乖僻王！」

局長：「正是。」

不倒翁：「說！我的心上人乖僻王如今身在何處？」

局長：「那裡位處黑暗深處，一旦涉足便永無回頭之日。那是一座爲地獄鍋爐噴出的白煙所淹沒、由腐臭所籠罩的恐怖城寨；就連內褲大頭目都爲其不潔而退縮，詭辯社社員在其威容前亦張口結舌。那間大小僅兩坪有餘的牢獄，其名爲『風雲乖僻城』。」

不倒翁：「若是爲了乖僻王，下地獄又何足道哉。」

局長：「爲戀愛而忘我的蠢東西！」

不倒翁：「住口！」

局長：「虛幻之夢終究無法實現。讓妳永絕此想才是我佛慈悲！」

局員1：「（奔進來）不倒翁公主！到此爲止！」

局員2：「（張起綠網）妳不但擾亂學園祭，還針對事務局散播毫無根據的惡毒言語……實在令人忍無可忍。不要逼我們動粗，隨我們到事務局本部。」

局員3：「束手就擒！」

——一場大亂鬥之後，事務局人員以網子將所有相關人員一網打盡。抵抗無用，一干人被帶走。

不倒翁：「我絕不向惡勢力屈服，直到見到乖僻王的那一天！」

小道具人員：「身陷黑幕之手的不倒翁公主——命運將會如何？」

大道具人員1：「她能與乖僻王重逢嗎？」
大道具人員2：「敬請期待最後一幕！」

事務局人員將我們帶到位於操場一角的事務局本部。

操場上的攤位開始陸續拆解，帳篷一一被收攏。金色夕陽斜照，吹起了令人戀家的秋風。一想到如此饒富深意的祭典遭到解體，大學即將恢復平日面貌，我便感到心酸。類似小學運動會即將結束時感受到的那種悲傷，淹沒了我的心。再加上，我已經遭事務局逮捕，無法再演出《乖僻王》了。也就是說，我的祭典已經落幕了。真教人傷心。

事務局長瞪著被逮到本部來的我們。

我們進入本部帳篷，坐在摺疊鐵椅上。

「拜託妳坐在這裡，別再惹麻煩了！」

事務局長以毅然決然的口吻說。不過他也親切地招待我，請我吃攤位買來的糯米丸子和茶。我喝著焙茶，啃著甜滋滋的丸子，心情平靜下來。事務局長無力地坐在椅子上，放空了好一會兒。他看起來似乎很累。他望著我背上的緋鯉，低聲說：

「那個真不錯。」

我望著貼在事務局長背後的大地圖。

「那地圖是做什麼的？」

「哦，這個？這是標示韋馱天暖桌和乖僻王事件的位置……」

說到一半，事務局長忽然有所驚覺，不再說話。

他站在巨大的地圖前面，雙手抱胸，表情嚴肅，活像抽著菸斗試圖解開謎題的福爾摩斯。

「我怎麼會一直沒發現呢？路線全部重疊了……簡直就像跟在韋馱天暖桌之後上演一樣。」

我看到負責小道具的女生臉上露出笑容。局長一回頭，她的笑容就像潑進沙地的水一般，瞬間消失無蹤。局長以銳利的眼神瞪著她，然後握起拳頭叫道：「是不是！乖僻王就是在韋馱天暖桌上寫劇本的是不是！」

就在此時。

巨大的大象屁股從操場往本部帳篷嘩啦啦地撞過來。帳篷的篷布掀了起來，掰公桌倒下，事務局人員四處奔逃。我拿著糯米丸子串和茶杯逃到角落。慘遭大象屁股蹂躪的事務局本部揚起滿天塵埃，呈現地震後的悽慘樣貌。事務局長被夾在大象屁股與帳篷篷布之間動彈不得，呻吟道：「喂喂，你嘛幫幫忙！」趁著事務局人員忙著救他，劇團團員迅速自帳篷逃走。一定是去準備最後一幕的演出吧。

大鬧一場的屁股停在帳篷中央。大象屁股女生從屁股後面走出來，手伸向我。

「走，快逃！」

她說：「妳要把戲演完，一定要和乖僻王重逢！」

她這句話，喚醒了我的演員之魂。這可不是只有半天的速食魂。不起眼的我，小時候也是迷過《玻璃假面》（注）的。

我回答「是」，站起來握住她的手，便朝操場直奔。啊啊，乖僻王！終於能到你身邊了——

「我看到妳被抓了。如果不能演出最後一幕，我想妳一定會很遺憾，就來救妳了。」

注：舊譯《千面女郎》，日本少女漫畫家美內鈴惠的代表作。描寫天才女演員北島麻亞（舊譯譚寶蓮）與姬川真弓（舊譯白莎莉）相互競爭的經典漫畫，連載長達二十餘年（一九七六—一九九七年，休載未完），至今人氣不衰，曾改編爲卡通、連續劇等。

「謝謝妳，大象屁股小姐！」

聽我這麼說，她露出苦笑。

「我叫須田紀子。」

的確，我的叫法簡直把她當成大象屁股了。朝一個戀愛中的美麗少女直呼大象屁股，我眞是太失禮了！

正在收拾攤位的學生指著直奔而過的我們，喊說：「啊，是不倒翁公主。」承蒙大家記得我的長相，眞是光榮之至，汗顏之至。我一邊跑，回頭一看，成群的事務局人員跑出崩塌的本部帳篷，朝我們而來。

「不倒翁公主有難！」我心想，「命運將如何安排?!」

在事務局沒有得到任何線索，我束手無策，在吉田南校區內徘徊了半天，最後在忙著收拾攤位的北門前廣場坐下。所謂盡人事聽天命，我應該已經盡了所有的人事了。望著這場我沒有任何建樹、徒然空虛的學園祭落幕，我心想：「眞想聽聽天命。」

廣場因學生投入撤場作業而熱鬧非凡。辦鬼屋的人搬運著拆解下來的木材，因爲沒卸掉鬼妝，頗有百鬼夜行之趣。閨房調查團的人從綜合館的中庭魚貫而出，拿著裝了猥褻資料的箱子，腳步整齊畫一。

絕望的我正抱頭不知如何是好時，聽到啪躂啪躂匆促的腳步聲，無意間抬起頭一看，背著緋鯉的她正與一名陌生女子手牽著手疾馳而過。「喔喔！沒想到天命竟然眞的降臨！」我這麼想，才一站起來，就被跑過來的事務局人員撞倒在一邊。狠狠吃了一拐子的我，像隻煮熟的蝦子蜷曲著倒地抽搐。

她喊著：「請幫幫我！」一路跑過爲了撤場而忙亂不堪的廣場。在後面緊追不捨的是戴著事務局臂章的十數名男女。

正在收拾的學生們嚷著「不倒翁公主遭事務局追捕」、「事務局就是幕後黑手」、「聽說乖僻王被關了」、「好過分」等等誤會滿天的言語，阻擋事務局人員的去路。鬼屋的人喊著：「是緋鯉女孩，救她！」朝緊追不捨的事務局人員臉上丟蒟蒻。受到意外攻擊的事務局人員方寸大亂，嚷著「不是的」、「這不是演戲」、「不，這是演戲嗎？」等等。

我掙扎著從地上爬起，緊追在她身後。

閨房調查團的一員這時打開紙箱，假裝失手弄丟黃色資料。幾名事務局人員發出來自靈魂深處的呼喚：「喔喔！美胸！」紛紛在黃色至寶前跪下。另一方面，她以時間換取空間，已經從北門跑到東一条通了。再這樣下去我會跟丟。我穿過百鬼們扔過來的蒟蒻雨林，忍著錐心之痛放棄了黃色至寶，跟在她之後跑出北門。

事務局長緊跟著狂奔的我，不過他是爲了讓學園祭平安落幕，而我是爲了揭開嶄新未來的序幕，目的雖大不相同，追的人卻一樣。我們無言並肩狂奔。一進入校本部，米飯原理主義者的示威遊行隊伍便擋在她與追兵之間，亂成一團。米飯原理主義者反覆喊著「日本人就應該吃米飯」的口號，一個勁兒將飯糰塞進事務局人員嘴裡。局長叫道：「把他們踹開！吃什麼飯糰！」

我心想——她爲了演出《乖僻王》最後一幕，正盡力逃出事務局的手掌心。是什麼樣命運的捉弄讓她擔下了這個要角，過程不甚明瞭，但局長正企圖阻礙她的大夢則是極其明瞭的。她的朋友是我的敵人，她的敵人也是我的敵人，昨天的朋友是今天的敵人！

我對奮力擺脫米飯原理主義者的局長說：

「喂，你的腰帶打結了。」

「咦，有嗎？」

我佯裝幫他調整，然後趁機一口氣抽掉他的腰帶，將他的褲子往下一拉。猛力推倒他後，我便直接衝進示威隊伍裡。身後傳來局長悲慟的呼喊：

「怎麼這樣！我們不是朋友嗎？」

「原諒我吧，吾友！」我說：「一切以她爲優先！」

在鐘塔前遇見米飯原理主義者的示威遊行隊伍眞是萬幸。我身屬麵包餅乾聯合組織，理當是他們的辯論之敵，但他們以《乖僻王》順利落幕爲重、以這些意見對立爲輕，對我說：「我們會把多的飯糰分給事務局，妳趁機快逃。」

眼看事務局人員的追兵撞上遊行隊伍，鬧得雞飛狗跳之際，紀子學姊將不倒翁項鍊從我的脖子上取下，掛在自己脖子上，又將緋鯉綁在自己背上。

「這麼一來，大家就會來追我了。」

「多麼聰明的戰略呀！」

「好了，現在不是佩服的時候，妳快跑，去找下一個舞台。我一定會去看的。」

說完，她朝鐘塔的東邊、工學院的方向跑。

我繞了大樟樹一圈，略微猶豫之後，隨便亂猜一通，朝附屬圖書館跑去。因爲《乖僻王》會在哪裡上演，我一點頭緒都沒有，除了埋頭狂奔之外別無他法。

然而儘管我在暮色漸深的校本部再怎麼跑，也沒找到任何線索。時間徒然虛度，天色愈來愈黑了。分明吹著冷冷的晚風，我額頭上的汗卻涔涔落下。跑太久，腹側陣陣刺痛，終於，我再也跑不動了。「啊啊，乖僻王！」我好想哭。

「如今你身在何處？」

歷經萬難，我突破了米飯原理主義者的防衛陣線，追在她身後。她的身影已逐漸消失在工學院校舍之間，唯有背上的緋鯉在暮色中分外鮮明。她在攤位進行拆解的校園中靈活來去，沒多久我就必須咬牙苦撐了。

不久，她衝進聳立在暮色中的灰色校舍。我追隨著爬上樓梯的輕盈腳步聲，喘得肺有如被擠扁一般，不停往上爬。

終於，我在屋頂追上她。屋齡三十年，歷經風吹日曬雨淋的水泥屋頂景色荒涼到極點。即將迎接閉幕高潮、在灰藍暮色中沉淪的學園祭就在眼前。西方天空還留著一抹桃紅，天空是無雲的深藍。漆黑的校舍之後是朝天矗立的鐘塔，鐘上的數字盤發著光。寒風吹涼了汗濕的身體。

她朝屋頂中央跑。她的目的地有一張眼熟的暖桌，是韋馱天暖桌。為何會在此處？眞教人不解。

好不容易跑到足以看清她長相的近處，我立刻認出那不是她，那一瞬間的虛脫感，實非筆墨所能形容。「妳是誰？」我對暮色吶喊，「須田紀子！」她叫道。她朝著茫然的我說：「辛苦你跑了這麼久，但是你弄錯人了。」然後她將脖子上的不倒翁項鍊，掛在我的脖子上，說：「恭喜你得到第一名。」

坐進韋馱天暖桌的樋口氏悠哉地向我打招呼：「喂，眞是奇遇啊。」羽貫小姐拍拍自己身旁的位子，說：「天一黑就好冷喔！來，進暖桌坐坐吧！」暖桌上放著不倒翁和煙火等物品，雜亂不堪。我拿起煙火，喃喃問道：「怎麼會有這種東西？」

「因為馬上就是閉幕晚會了，閉幕晚會當然要有煙火啊！」

就在此時此地，我誤闖死巷，茫然而立。

她在哪裡？

《乖僻王》的最後一幕會在哪裡上演？

我更想知道的是，我的快樂結局在哪裡？莫非世界上沒有這種東西？在落幕之前，我就只能屈居於飾演路旁石塊嗎？

我在寒風吹拂下不知如何是好，學園祭事務局人員紛紛跑到屋頂，其中也有事務局長的身影。他們將韋駄天暖桌與背著緋鯉的紀子包圍起來。

局長昂然而立，俯視著樋口先生。

「終於逮到你了，乖僻王。你這個藉演戲之名，陷學園祭於混亂的恐怖分子。我將拚上事務局長之名，絕不讓《乖僻王》最後一幕上演。」

樋口氏露出目瞪口呆的傻相，說：「這我可不能答應。首先，我不是乖僻王，其次，戲已經要上演了。」

事務局長揚起拳頭，說道：「還裝蒜！我早就知道你是主謀了。聽聽我的推理：你在韋駄天暖桌上寫劇本，再以某種手法留在上演的地點。韋駄天暖桌離去後，劇團團員來取回劇本，然後戲就上演了，所以演戲時主謀者不在。因爲你與韋駄天暖桌一起移動，沒有人知道乖僻王的所在。」

「坐過韋駄天暖桌的可不止我一個。」

此時我叫道：「我知道了！是他！內褲大頭目在哪裡？」

樋口氏像貴族般呵呵地笑，指向南方。我狂奔至黑暗屋頂的最南邊，因勢頭過猛差點摔下去，驚險中往下一看，下方是比這裡要低一些的另一棟校舍屋頂。

那裡有一座謎樣的建築。建材多半是從校內各地收集而來的廢物吧，木材、立牌、骯髒的帳篷、毛毯、爲數眾多的腳踏車、排水管、鋁窗、裝廢棄液體的水槽、遭風吹雨打的寄物櫃、應該是從理學院的垃圾場撿來的實驗裝置、可疑的電器等等，這些東西複雜詭異地組合起來。突出來的無數根煙囪噴出白色的濛濛水蒸氣，飄向深藍色的夜空；照明像探照燈似地來來回回，將氤氳的水蒸氣照得一清二楚。高高揚起的深紅旗幟在寒冷晚風中翻飛。這座建築鐵定是幽禁乖僻王的恐怖城寨「風雲乖僻城」。

從這邊看過去，對面似乎是觀眾席，意即，我們處在後台的方向。劇團團員佩戴著紅色臂章正忙碌著，其中依稀可見指揮坐鎮的乖僻王，即內褲大頭目的身影。

「竟然在屋頂上演戲！太危險了！」

跑到我身旁的事務局長氣得猛跺腳。

「到隔壁屋頂叫他們解散！」

我得請他等到我去再開幕。我揮舞著不倒翁項鍊，大聲呼喚內褲大頭目，但他全心專注於戲劇的準備。

於是我點燃了從樋口氏那裡搶來的煙火。

一度準備離去的事務局長面向我，叫道：「很危險，千萬不可以放！」我揮舞著煙火正想回答「我知道」時，腳被屋頂邊緣的水泥階絆倒，身體就這麼緩緩向後倒。左手拿著點燃的煙火，右手拿著不倒翁項鍊，左眼看到此刻正要消逝的玫瑰色未來，右眼裡上映的是最後的光景——朝著我張大了嘴的事務局長與紀子，從暖桌裡爬起來的樋口氏，手裡拿著不倒翁當沙包玩的羽賀小姐，跑開的幾個事務局人員。當人生最終一刻來臨時，人生會如走馬燈般在腦海裡迴轉，人類的腦袋還真是巧妙。那一瞬間的光景至今仍歷歷在目。緩慢地、清晰地，我與這個世界告別。我分明如此努力，但她毫不知情，而我卻要就此殞落。再見了，令人唾棄的青春，再見了，光榮的未來。

我從屋頂上墜落，手中的煙火噴發了。

我看到一點紅光拖著尾巴爬上深藍色的天空，爆裂開來。

我看到一點紅光拖著尾巴爬上深藍色的天空，爆裂開來。

我直覺認爲「在那邊！」便朝工學院校舍急奔。如果沒有那發煙火，我一定趕不上《乖僻王》的最後一幕。我在昏暗的樹木與校舍之間奔跑，突然遇上站在校舍玄關的大招財貓。

招財貓身旁有一個立牌寫著：《乖僻王》最後一幕請上屋頂，學生成群經過招財貓上樓。

「在這邊！」招財貓叫道。

氣喘吁吁的我一跑過去，招財貓肚子上的小窗便打開，負責小道具的女生露出面孔。

「對不起喔。剛才在事務局急著逃走，忘了告訴妳上演地點。」

「能夠見到您，眞是太好了……我以爲我趕不上了。」

「哪——會，還早呢。」

她從招財貓裡出來，牽著我的手上樓。

「風雲乖僻城在屋頂上嗎？」

「學園祭期間，一直到處收集材料蓋起來的。」

她把劇本交給我，還給我兩樣小道具，是一把枴杖和一支大鑰匙。然後，我們來到屋頂。屋頂上聚集了大批人潮，熱鬧滾滾，冷風颼颼。人群之後聳立著一座詭異的建築物。既像廢墟，像蒸汽火車頭，也像城堡，處處噴出白色的水蒸氣。那威容令見者無不爲之震懾——我終於來到了幽禁乖僻王的風雲乖僻城。

墜樓的人要像好萊塢電影裡的英雄，及時抓住牆上的突出物而平安獲救，照理說，是不可能的任務。那麼，我爲何能撿回一命呢？這是四重幸運同時發功的結果。

首先第一個，是我手上拿著不倒翁項鍊。第二，是研究室頂樓的新加坡留學生把曬衣服的竹竿伸出窗外。第三，是不要命的冒險人士爲了走繩索而架設的繩索還掛在半空中。第四，在煙火爆炸的那一剎那，隔壁屋頂上的內褲大頭目注意到墜樓的我。借用她的話，這就叫做「神明的方便主義」。

墜樓的我右手抓著不倒翁項鍊，而項鍊勾到了從研究室窗戶伸出來的竹竿前端。有那麼一瞬間，我和掛在竹竿的白袍、襯衫一起懸在半空中，就像靠雙親接濟而成天吃飽睡、睡飽吃的迷糊大學生一樣，命懸人手。但是，即使是這樣一個學生，也必須靠自己的雙手開闢未來啊。我伸長了手，抓住了竹竿，幾乎同時，勉強維繫了我性命的不倒翁項鍊被扯斷，不倒翁紛紛朝黑暗的地面散落。

我不知竹竿是如何固定的，但竹竿彎曲得很厲害。我又驚又怕、一心一意緊抓竹竿，看見喝著咖啡進研究室的研究生在日光燈下目瞪口呆，下一秒鐘，他緊緊抓住竹竿的另一頭，大叫：「來人啊！」從屋頂上探出上身的事務局長等人喊著「不要放手！」的打氣聲也傳進我耳裡。用不著他們交代，我當然不會放手。

但是，竹竿是靠不住的，顯然就連一個瘦弱的研究生都無法支撐。「會斷掉！」內褲大頭目在對面的屋頂上大叫，將照明投向我。光照亮了我的腳邊。內褲大頭目拚命扯著喉嚨大喊，研究生在研究室裡尖叫，竹竿搖搖欲墜，白袍與襯衫紛紛墜落校舍間黑暗的谷底。

「下面有繩子！你看！看啊！」我聽到內褲大頭目這麼喊道。

我撐開眼皮看向腳邊，只見從五樓窗口伸出一條粗大的繩索，另一端似乎是固定在旁邊校舍屋頂的水槽上。所幸，那繩索看來應該伸手就搆得到。只不過要搆到繩索，就必須放開竹竿，身子將完全凌空。你以為我有這種膽量嗎！我面目猙獰，不敢稍動。

這時竹竿終於失去了支撐，研究室裡傳來東西破裂的巨響，以及研究生的尖叫。與此同時，我再度墜落。內褲大頭目以照明燈打亮那條拉在兩棟校舍間、堪稱我的性命之繩的繩索。我不顧一切抓住了那條繩索。簡直是奇蹟。沒想到平日與肉體鍛鍊無緣的我，在緊要關頭演出了媲美電影替身的熱血動作鏡頭，因此得以苟延殘喘。我緊緊抓住粗繩，靜待搖晃停止，這時腦袋裡才出現「我怎麼能死」的念頭。於是我無尾熊似地手腳並用抓住繩索，一點一點挪動手腳，朝乖僻城爬過去。我知道內褲大頭目正看著我。

以不屈不撓的鬥志自死亡深淵爬上來的我，這一刻什麼都不怕了。蔓延在腦漿裡的腎上腺素濃度之高，已創下我個人史上空前絕後的紀錄。我一定要將她抱在懷裡，我一定要親手抓住快樂大結局！有生以來，我可說從未如此努力過。

終於，我爬上乖僻城後台，內褲大頭目出手幫忙，一面以驚異的表情問：「你沒事吧？竟然沒死！」

內褲大頭目身上披著披風。看樣子，乖僻王要親自飾演乖僻王。我做了一個深呼吸，按捺住因興奮而發抖的身體，擦拭瀑布般奔流而下的汗水。旁邊的舊集水管向天空斜斜矗立，裡頭唏嚦嚦有水流動。我抓住集水管，晃動舞台般將管子扳下來。

「喂！你！不要破壞舞台！」內褲大頭目大叫。

我仿效電視上看到的棒術高手，拿起長長的集水管對準內褲大頭目。正準備撲上來的內褲大頭目定住腳步。他身後的劇團團員屏息地看著我們。

聳立在暮色中的乖僻城後台，被流動的濛濛蒸氣所包圍，我倆對峙著。

「你想妨礙最後一幕的演出嗎？」

內褲大頭目瞪著我。

「我不許任何人阻擋。這齣戲是我嘔心瀝血之作。」

「我沒有妨礙你的意思。」

「那你究竟想怎麼樣？」

「在那之前，我要問你。結局如何？是喜劇還是悲劇？」

內褲大頭目欲言又止，我手上的集水管用力朝他胸口一抵。

「好啦。」內褲大頭目呻吟道：「是喜劇收場，保證任誰看了都會臉紅。」

「很好！」

讀者諸賢，要粉碎您「你憑什麼演這麼重要的角色？」這一想當然耳的疑問，想必一句「只是碰巧經過」的回答便綽綽有餘了吧。爲了要得到快樂大結局——就算方便主義又如何！

「你以爲我是來搞破壞的嗎？」

「不是嗎？」

「非也。戲一定要繼續上演。只是，」

我手持集水管說道：

「乖僻王要由我來演！」

聚集的人群中，有人在讀《乖僻王事件解體新書》，也有人叫賣攤位賣剩的餐點。舞台旁架起了螢幕，電影社「御衣木」的人反覆播放著上一回的《乖僻王》。

終於，螢幕的影像停了，高聲喧譁的觀眾頓時鴉雀無聲。白色蒸氣自風雲乖僻城中央粗大的煙囪狂噴而出，發出「咻——！」的聲響。來自城寨上半部的燈光，照亮了人群中的我。

「下午五點，《乖僻王》開演！」

負責小道具的女生嘹亮的聲音響起。她將披肩披在我身上。

「最後一幕！」

佇立在眼前的人們一齊回頭，讓出一條路給不倒翁公主。

經過與學園祭事務局的一番死鬥，自本部逃離的不倒翁公主負了傷。她拄著枴杖，邁向幽禁了心上人的乖僻城，踏上最後的旅程。一步又一步——

《乖僻王》

最後一幕　舞台：風雲乖僻城（工學院校舍屋頂）

——風雲乖僻城在暮色中聳立。不倒翁公主拄著枴杖靠近。來自事務局的追兵趕來想逮捕她。局長排眾而前。

局長：「這屋頂很危險，立刻停止演出，就地解散！」

觀眾1：「幹嘛，不要這樣。」

觀眾2：「都最後了，至少讓他們演完啊！」

——觀眾制住了事務局人員，不倒翁公主再度邁步向前。

不倒翁：「因乖僻王失蹤，我的世界陷入一片黑暗。但現在，我的旅程即將走到盡頭。從學園祭事務局長手中奪來的這把鑰匙，應該能打開那可恨的兩坪大城寨門扉，將乖僻王自漫長的幽禁中解放——喔喔，乖僻王，我就要來到你身邊了！」

——不倒翁公主走近乖僻城城門，插進鑰匙。白煙噴出，城門開啓。乖僻王從中出現。

乖僻王：「長期被幽禁在黑暗中，我失去了雙眼的視力，連自己的手心都看不清——還請我的救命恩人見諒，我連恩人的臉都無法看清！」

不倒翁：「你該認得我的聲音。」

乖僻王：「喔喔！」

不倒翁：「一想到你身受苦楚，我便痛徹心肺。你身在黑暗中，我的心也在黑暗中。」

乖僻王：「但是，不倒翁公主啊，妳如何來到此處？」

不倒翁：「我一一走訪你的敵人，時而懇求，時而略微用強，尋著如蠶絲般細微的線索，總算來到此處。」

乖僻王：「那想必是一段漫長艱辛的旅程。我對不起妳！」

不倒翁：「能見到你，那些都不算什麼！」

乖僻王：「只爲貫徹我的信念，我被迫進行無謂的鬥爭再鬥爭。弓折矢盡滿身瘡痍，終於，我力盡於此校園不毛之地。妳可還記得，去年學園祭一隅我倆初相見，神的惡作劇，讓天空落下紅蘋果在你我頭上彈跳。那蘋果使我領悟——妳正是爲迷失徬徨於愚蠢荒野的我指點去向的唯一一線光明。」

不倒翁：「如今能與你互訴我倆的邂逅，有如置身夢境。如今說來多麼不可思議，回想起來，那正是一切的開始。世界充滿令人驚奇的偶然，神的惡作劇——」

乖僻王：「走吧！讓我們離開這可恨的兩坪餘的城寨，離開這深不見底的黑暗，親手開啓光明的校園生活。」

——兩人相擁。（幕落）

簾幕落下之後，她還在我懷裡，興奮泛紅的臉上露出笑容，口中直呼精采。我不但奇蹟似地撿回一命，而且儘管只是依照旁白演出，但能擁她入懷，我嘗到幾近於致死量的幸福，此刻才眞的險些死去。由於太過感動，以致我說不出任何機智話語。所幸，乖僻王的台詞裡已包含了我的心意，我相信她一定也深受感動。

灰藍暮色中響起喝采，我與她來到舞台上，再次答謝觀眾。

隨後內褲大頭目一現身，觀眾便靜下來。當她高聲宣布：「這位便是名留青史的流動戲劇《乖僻王》的原著、編劇以及策畫人！」掌聲再度響起，內褲大頭目深深一鞠躬。其後，小道具、大道具等工作人員也陸續出場接受喝采，劇團團員一一與內褲大頭目握手。負責小道具的女生說：「你的企畫眞是有趣極了。眞不敢相信我們要就此解散。」

事務局人員不住地喊著：「結束了——！請大家不要急，不要慌，依序解散——！」開始驅離觀眾。

「於操場的特設舞台將舉行閉幕晚會！」

神情嚴厲的事務局長，從自屋頂離去的人潮中逆流而來。他瞪了我一眼，又瞪了乖僻王暨內褲大頭目一眼。

「對不起，鬧出這麼大的騷動。」內褲大頭目行禮說。

「……不管怎麼樣，總算結束了。幸好沒出事。」

事務局長說：「下不為例。」

然後他看著我說：「你摔下去的時候，我還以為沒救了。嚇得我心臟差點停了。」

「沒事，我還活著。」

「別再亂來了。雖然你的心情我明白。」

接著這位忙碌的事務局長嘆了一口氣，轉動脖子說：「好了，我可是忙得很，接下來還要扮女裝在閉幕晚會上唱歌呢。」

「你還有那種體力啊。」

「你們也來參加閉幕晚會吧，看我迷倒你們！」

他速速離開了屋頂。

劇團團員紛紛動手拆解乖僻城，但內褲大頭目仍呆呆佇立在舞台城寨之前。我拍拍他的肩。

「你很厲害。不但是內褲大頭目，還是乖僻王，眞是了不起。抱歉，搶了你的角色。」

「那件事就別再提了。」

內褲大頭目喃喃地說。

「反正就算是我演，也沒什麼差別。這些全都是徒然亂鬧一場。」

「別這麼說。」

「我會向吉田神社許願成爲內褲大頭目，會率領劇團籌畫這場騷動，全都是爲了見到她。我想要是能夠轟動全校，她一定也會在某處看到我的戲吧。要是她來看最後一幕呢？她一定會發現我投注在這齣戲裡的心意。我幻想過無數次——她在觀眾席上發現我的心意，落幕後來找我。可是，現在我總算冷靜下來了。難不成我是個天生的蠢蛋？」

他仰望著逐漸被拆解的乖僻城，呻吟著說：「這計畫也兜得太遠了。」

「別現在才說這種話。」

「你知道什麼是一生一次的相遇嗎？每一次的相遇，會成爲錯身而過的偶遇，還是命運的邂逅，全都要看自己。而我與她錯身而過的偶遇，在成爲命運的邂逅之前就已化爲虛空。『回想起來，那便是一切的開始』——如此與她一同回憶的特權，我就這樣眼睜睜地錯失了。這一切，都要怪我沒有抓住機會的才幹和膽量！」

「別想了，喝一杯吧！」

我安慰他。「我酒量雖然不好，但這時候讓我們喝一杯吧！有時候傾吐一番，也能輕鬆一點。」

「我啊，跟男人那樣混已經混夠了……我不需要男人，男人沒有用。」

就在此時，在一旁聽我們談話的她，歡快地喊道：「紀子學姊！」

從舞台上看過去，寒風蕭瑟的屋頂站著一名女子，便是我剛才誤以爲是她而窮追不捨的紀子。紀子解開繩子，將緋鯉抱在懷裡，來到她身邊。「這個還給妳。」紀子說著，將緋鯉遞給她。她說了聲「謝謝」，開心地抱起緋鯉。她天下無敵的可愛笑容令我不敢逼視，不由得轉開了視線，正巧看到內褲大頭目的表情，發現他正呆望著紀子。我心裡驚呼一聲「哦！」一看紀子，她也直勾勾地回望著他。

紀子走近他身邊，伸出手。

「眞是奇遇。」她低聲說。

內褲大頭目握住她的手，無言。

轉眼間風雲乖僻城便被拆解，對面的校舍屋頂映入眼簾。羽貫小姐和樋口氏在屋頂邊拍手。樋口氏不斷施放煙火，傳來砰砰砰的巨響，羽貫小姐掛在屋緣的雙腿亂晃，嚷嚷著：「大團圓！大團圓！」然後不知在想什麼，她竟將韋馱天暖桌上的幾個不倒翁拋向夜空。不倒翁們輕巧地畫過天空，跨越了校舍間的空隙一一飛來，紛紛散落。其中兩個不倒翁打到了內褲大頭目和紀子的頭，碰地彈開。

老實說，我眼裡噙著淚。因爲這一幕實在太美、太令人羨慕了！

「怎麼會這樣！」

內褲大頭目呻吟著。

「方便主義也未免太方便了！」

從天而降的不倒翁在紀子學姊他們倆的頭上彈開，就像那一天的蘋果。當時充塞全身的感動令我永生難忘。我將淚水擦乾。

站在旁邊的學長眼睛也濕了。

「學長，你在哭嗎？」

「誰哭啊，是眼睛裡流出幾滴鹽水。」

「這沒有什麼好不好意思的。眞是個美好的結局。」

我抬頭望向噙著淚的學長，心想：「他眞是個好人。」

然後我們決定去看閉幕晚會，便跟著大批人潮走到操場。夜幕低垂，四周更冷了。十一月也已結束，眞正的冬將軍很快就要從琵琶湖翻山越嶺上京城了。

冷冷暮色中學園祭逐漸解體，變得愈來愈小，然後在那寂寞的昏暗中心架起的篝火點燃了。熊熊燃燒的溫暖火焰，照亮了來到操場的人群。燦然生輝的特設舞台上，豔光四射的美麗學園祭事務局長正賣力演唱偶像歌手的歌曲。拍著手看表演的我們身旁，樋口先生和羽貫小姐一起坐在韋駄天暖桌裡。內褲大頭目和紀子學姊兩人與劇團團員一起笑著欣賞表演。

我的手裡拿著一個剛才打到紀子學姊他們頭頂的不倒翁。學長也拿著一個不倒翁，好玩似地轉動著。

「妳喜歡不倒翁？」學長問。

「喜歡，因爲小小圓圓的。」

聽我這麼說，學長笑了。

我在這場傳說中的學園祭玩得非常開心，滿心幸福。於是我低聲說著「南無南無」，感謝神明。

「我沒想到乖僻王竟然會由學長來演。」

聽我這麼說，學長不以爲意般地說：

「嗯，只是碰巧經過而已。」

「學長熱情的演出眞的非常精采。學長很會演戲嗎？」

「沒有，我不擅長演戲。」

「不過，眞是奇遇，我經常遇到學長呢。這才應該叫做神明的方便主義吧？」

「是啊。」

學長凝望著熊熊火焰說：

「神明和我們，全都是方便主義者啊。」

Chapter 04
魔感冒戀愛感冒

您看過晴天與雨天的分界嗎？

請想像自己站在傾盆大雨之中，側耳聆聽水滴敲打路面的聲響。擦掉沿著臉流下的雨水向前看，幾步外便是遍地和煦的陽光，路面也沒有被雨打濕的痕跡。晴天與雨天的分界線就在眼前。如此不可思議的景象，我小時候曾看過一次。

那年冬天，我再三想起那個情景。

有一隻老鼠在冰冷的雨中奔跑。那當然是我。我努力想奔向晴天，然而晴天明明就在眼前，卻如夏日陽炎般不斷溜走。站在那片陽光中的，便是我心儀的黑髮少女。她身邊是那般溫暖、靜謐，神的眞善美滿溢，多半也芬芳馥郁。相對的，我又如何？我身邊不要說神的眞善美，滿溢的是方剛血氣，淋濕這一身的是哀嘆自己笨拙苦鬥的淚，狂嘯肆虐的是戀愛的暴風。

她走在感冒之神大顯神威的路上，仍舊在無意中成爲歲末京城的主角。對此她本人毫不知情，恐怕至今仍不知情。

另一方面，我被感冒之神打倒了。高燒折磨著我，劇烈咳嗽扭絞著我的肺，我蜷縮在萬年鋪蓋裡度日，無法追隨她，只能一味沉浸在幻想裡。我想我終究無法得到主角寶座，只能屈居於路旁石塊的角色，命運註定我要寂寞地過年啊。

然而，一切便是在這萬年鋪蓋裡發生的。

這是她的故事，也是我的故事。

在命運的方便主義驅使下，路旁的石塊終於自萬年鋪蓋中崛起。

那年秋天，我在學園祭的奮鬥值得嘉獎。若撇開受神明的方便主義庇蔭這部分，說我的努力是「搏命」也不爲過，理當在京都市政府前廣場接受京都市長表揚，讓兔女郎磨蹭挨擦。

爲了引起她的注意，我甚至從工學院校舍屋頂凌空飛躍，硬闖學園祭的街頭流動戲劇，擔任戲份吃重的主角。再往前追溯，在夏天的舊書市集裡，爲了得到她心愛的圖畫書，我與列強圍火鍋而坐，展開一場死鬥。春天百鬼夜行的街上，即使慘遭蹂躪踐踏，我仍不屈不撓。如此精誠所至，照理說任何金石都應爲我大開。然而，黑髮少女之城難攻不克。

至於多數人認爲我避開決定性的方法、刻意挑遠路迂迴而行的異論，在此暫時不予置評。這些待日後再行思考。

首先，我最不明白的是，她對我是怎麼想的。究竟，她是否拿我當一個男人，不，至少拿我當一個對等的人類來看待？

我不知道。

因此，我無法直搗黃龍。

眞是對不起，但要解釋我當時的心情是一件很困難的事。

因爲在那之前，我一直醉心於其他有趣的事物，疏於鍛鍊男女之間的交際手腕。我一心以爲這些手腕，是打扮得光鮮亮麗的紳士淑女在盛大的化裝舞會中浸淫的成人享受，距離我這樣的孩子非常遙遠。一個尚未做好心理準備的人，實在難以考慮到對方的心情，就連抓住自己如棉花糖般飄忽不定的心情都不容易。

然而，我記得在學園祭的流動戲劇《乖僻王》即將落幕時，意想不到的奇遇讓學長出現在我面前，不知爲何，當時我感到一陣心安。也許這是因爲我經常與學長在路上偶遇，但除此之外，更令人難以忘懷的，是學長依照旁白指示抱住我時那種不可思議的感覺。

學園祭結束之後，我仍不時想起當時的事。每次我都不由自主地發著呆。當然，我平常就不是什麼精神奕奕的人，但這「發呆」可是「呆」中之「呆」，要是有「世界發呆錦標賽」，肯定足以讓我當選日本國手，是烈火眞金之呆。每次像這樣發呆之後，我會坐立難安，控制不了自己，要不就猛打房裡的緋鯉布偶，要不就用力擠扁它。可憐的緋鯉，我眞是對不起它。而每每對緋鯉施暴之後，我一定會全身虛脫。

就這樣，十一月過去，時序進入了十二月。

我每天都過著到學校上課、然後不時發呆的日子。

將坐鎭東方的群山染成溫暖紅色的楓葉漸漸散去，冬天的腳步愈來愈近。在街上吐著白氣，抬頭望向行道樹的樹梢，我發現寒冷的冬天已經完全將京都籠罩，不留一絲縫隙。

十二月剛邁入中旬，我在大學的中央食堂裡大口享用溫泉蛋、味噌湯和白飯時，樋口先生在我對面坐下。他身穿深藍色的浴衣且披了一件古早警匪片風情的舊外套。「嗨，總算找到妳了。」樋口先生說完，微微一笑，模樣有些憔悴。

「您怎麼了？看起來沒什麼精神。」

「最近弟子和羽貫都不來，我沒得吃，肚子太餓，餓得我頭好痛。」

「這怎麼行！」

我連忙掏出兩百圓借他，他立刻站起身，不久便端著擱著溫泉蛋、味噌湯和白飯的托盤回來，像隻飢餓的野狗般狼吞虎嚥起來。

「羽貫小姐還好嗎？」

「就是不好。她重感冒，臥病在床。吃飯的門路病倒，害我也差點餓死。」

據他說羽貫小姐幾天前就一直咳個不停，兩天前發起高燒，牙醫診所的工作也請假，躺在公寓裡。一想到那位熱愛狂飲的高傲美人躺在被窩裡猛咳的模樣，實在太過不忍，令我坐立難安。下午的課根本不重要，就算被當我也應該去探望羽貫小姐。因爲她和樋口先生可是爲我的大學生活開闢新天地的恩人。

「既然妳要去，那我也去好了。所幸肚子也塡飽了。」

我和樋口先生走出中央食堂，離開了落葉沙沙作響的大學校園。天上暗雲低垂，颳著冷風。

在前往羽貫小姐的公寓途中，我們先繞到東大路的超市，買了很多對治療感冒有幫助的水果和優格。這些營養豐富的食物，一定能夠趕跑住在羽貫小姐體內的感冒之神吧。我和樋口先生提著圓鼓鼓的塑膠袋，沿東鞍馬口通往高野川走去。

羽貫小姐的住處是高野川畔一棟還很新的公寓。

我們一按門鈴，身穿粉紅色睡衣罩著開襟衫的羽貫小姐便爲我們開門。凌亂的頭髮披落在她的臉上，模樣很憔悴。她露出微笑，但那笑臉絲毫不見在先斗町街上一同暢飲那晚的堅毅神情。

「妳來看我啊。」

「我聽樋口先生說您感冒，擔心得不得了。看來您好像發燒得很厲害，請快躺下休息。」

小巧的房間整齊可愛，四方形的白色加濕器吐出溫潤的蒸氣。我將買來的食材放進冰箱，羽貫小姐鑽進鵝黃色被子裡只露出臉蛋。因爲有酒，我便加了糖和蛋做了蛋蜜酒。「蛋蜜酒呀，不要加蛋和糖喔。」羽貫小姐在被窩裡口齒不清地交代，但我回說「這可不行」。

樋口先生端坐在羽貫小姐身旁，將手放在她的額頭上。

「妳燒得可以煎蛋了。燒成這樣是想怎樣？」

「又不是我自己愛的。」

「會感冒都是因為精神散漫。看看我。」

「樋口不會感冒是因為沒有壓力，不然就是因為你是笨蛋。」

「不閉嘴感冒會惡化喔！閉嘴閉嘴。」

樋口先生說著，拿冷敷用的藍色貼布想貼在羽貫小姐嘴上。除此之外，他什麼忙都沒幫上。

蛋蜜酒做好了，羽貫小姐從被窩裡爬起來喝。「我本來很瞧不起這東西，沒想到還眞好喝。」看她喝得開心，眞教人高興。

「樋口，你連探病的禮物都叫她買啊？竟然好意思空手來探病！」

「喂喂，不能對我有任何期待。」

「沒想到原來樋口也會探病。因為沒指望你，老實說還眞有點高興。」

「因為碰巧遇到她。」

聽樋口先生這麼說，羽貫小姐便衝著我露出非常可愛的笑容。她因為發燒雙眼水汪汪的，眞是美麗極了。樋口先生則大口吃起爲了探望羽貫小姐而買的布丁。

羽貫小姐喝完蛋蜜酒，便倒在被窩裡，說起她在發燒之中做的夢。

「感冒的時候，總會做一些古怪離奇的夢。」她喃喃地說。

但是不久之後，我才知道羽貫小姐得的是一種特別的感冒。

我的宿舍在北白川的東小倉町。

那是一棟幾近於廢墟的木造公寓，把閑靜住宅區的氣氛破壞殆盡，令人不由得聯想起風雲乖僻城。我的房間位在二樓邊間，一打開窗戶，疏水道的行道樹便近在咫尺。現在樹葉落盡，可以望見疏水道對面空曠的大學操場。

每天我都是天黑以後才從大學回來。在鋪滿碎石的公寓前停好腳踏車，一踏進玄關，便看見燈罩下燈泡照亮了散亂一地的鞋子。抬頭瞪著在昏暗中發光的燈泡，心中備感淒涼。入冬後，我的拖鞋不知道被誰偷了，光著腳走在木板走廊上，冬天的寒意直接從腳底滲透進來。

同組實驗的同伴感冒病倒，我忙著在大學和住處間來去，任憑時光流逝。聽說這年冬天流行極其惡毒的感冒，我和她所屬的社團也難逃感冒之神的魔手，社員一一倒下。聽說她會到病倒的社員的住處探病，殷勤地做神仙粥、蛋蜜酒，我便興起「那我也來感個小冒吧」的念頭，但這麼一想，感冒之神反而不來找我。正所謂愈期待愈容易落空。

對流行相當敏銳的學園祭事務局長也病倒了，我半挖苦地帶著蜂蜜生薑湯和營養補給飲料去探病。只見他坐在由學園祭各種資料、相聲書籍、吉他等廢物包圍的床上，心急如焚地等著要從名古屋來探病的遠距離戀愛中的女友。據說他受閨房調查團青年部之邀，糊里糊塗地參加了猥褻圖書欣賞會，在那裡被傳染了感冒。猥褻圖書會降低我們阿呆學生的免疫力，這是常識。只能說他是自作自受。

就在日子過得如此乏味之間，我得了「相思病」。

所謂的相思病，便是「愛慕之意無法傳達給對方，因而生病憔悴之情狀」。戀愛不在四〇四種病之內，喝了葛根湯也不會好。這半年來，我汲汲於填平她的護城河，受盡靈魂之遠距離戀愛的折磨，患相思病也算是理所當然的結果吧。無可發洩的熱情在體內無處可去，衝撞回旋，正因如此，我的身體才會發熱。一定是這樣。

天黑之後回到宿舍，我頭昏腦脹，全身無力，什麼事都不想做。照例的，我連暖氣都來不及開，便鑽進被窩。

鴨川西邊，今出川通南方，是大片京都御所的森林。

從御所的清和院御門來到寺町通，往東進入閑靜的市區，有一家小醫院叫做「內田內科醫院」。那是家四周圍繞了木板牆的木造診所，鬱鬱青青的松樹枝探出木牆，具有如今難得一見的風情。內田內科診所的內田醫生是前詭辯社社員，據說自從春天在先斗町認識以來，羽貫小姐和樋口先生便不時與他以及同爲詭辯社前社員的赤川社長相邀去喝酒。

過了好幾天，羽貫小姐的病情都沒有好轉，樋口先生便說要帶她去醫院。「我不要去大醫院，會病得更厲害。」羽貫小姐像個耍賴的孩子這麼說，我和樋口先生便商量要到哪裡去看病才好，於是她說：「我想去內田醫生那裡。」

羽貫小姐由樋口先生背著，我們三人來到內田醫生的診所。

羽貫小姐看病時，我和樋口先生待在開了暖爐的木造候診室裡，邊取暖邊等。

對任何事都不爲所動的樋口先生今天眉頭微蹙，一臉深思的模樣。小小的候診室裡滿是等候叫號的病患，我們便在角落鞋架旁挨在一起。午後陽光自毛玻璃窗射進來，在木地板上形成淡淡的光暈。我從小就很少感冒，即使如此，仍有幾次由父親開車帶我看家醫的經驗。還記得那時也曾經像這樣凝視著落在木板上的陽光。

「只要有潤肺露，感冒這種小病一下子就好了。」

樋口先生突然想到般地說。

「潤肺露是什麼？」

「那是以前用來治療結核的夢幻靈藥，混合了多種漢方高貴藥材，很像麥芽糖，只要用筷子捲起來一舔，高燒立退，全身精力充沛。聽說那種藥甜美醉人，高貴至極的強烈芬芳從口腔直衝鼻腔，只要舔上一口，就會上癮。因爲太美味，世人沒感冒也舔個不停，以致於流鼻血。」

「聽起來好厲害。要是眞有這種藥就好了。」

「很遺憾，現在已經找不到了。」

不久，羽貫小姐出來了。在領藥的時候，穿著白袍的內田醫生來到窗口。他一看到我，便笑著說：「妳不是和李白先生拚酒的那個女孩嗎？」距離先斗町的那一夜都已經過了半年，內田醫生居然還記得我，眞教人感動。內田醫生還想多聊一會兒，但候診室裡擠滿了病患，他只好又回到診療室，我們便離開了醫院。

樋口先生背起羽貫小姐，走在今出川通上說：

「生意很好嘛。內田醫生連休息的時間都沒有。」

「聽說這次的流行感冒很不容易好，我得的就是。」

羽貫小姐臉靠在樋口先生肩上，喘著氣說：

「大概是上星期和赤川先生喝酒的時候被傳染的。」

「哦，社長也感冒了？」

「聽說發燒燒得直呻吟……好像是被兒子媳婦傳染的。」

「大家都太鬆懈了。要向我看齊啊！我才不會得什麼感冒。」

「那只是因爲樋口沒有壓力罷了。」

就這樣爭辯著，我們走過鴨川的堤防。羽貫小姐在樋口先生背上不時咳嗽，望著銀光閃閃的鴨川，然後哼起歌來。「北風——小僧——之寒——太郎——」

進入嚴冬之後，我在宿舍的時間多半是在被窩裡度過的。在被窩裡看電視，在被窩裡吃飯，在被窩裡念書，在被窩裡沉思，在被窩裡安慰老二。這「萬年鋪蓋」正是我那令人唾棄的青春的主戰場。

那天我也立刻鑽進被窩裡，仰望骯髒的天花板。呼出的氣是白的，關節有種軟綿鬆散的感覺，身體又懶又重，簡直像會化在被窩裡。

我在半夢半醒之中胡思亂想。

那段學園祭的回憶，已經收進我內心的百寶箱。我試著回想起抱著她柔弱雙肩的觸感。但是，當我反覆溫習那時的記憶，本應清晰的她的觸感卻漸漸變淡，那張在我懷裡抬頭看著我的臉龐也模糊了。一切都像一場夢。這些事真的發生過嗎？莫非是我個人的幻想？

學園祭撿來的不倒翁就放在枕邊。

我呆呆地望著不倒翁，當時包圍著我的暮色又再度降臨。深藍色的天空下，我追著她跑。一抬頭便可見割據了天空的黑色校舍。我在這裡幹什麼？明知道必須早點追上她，卻不知道該往哪裡去。

這時，我看到學園祭事務局長和他的屬下跑進工學院的校舍。我連忙追過去。要去屋頂的學生紛紛上樓，走在眼前的幾個事務局人員推開這些看熱鬧的觀眾往上飛奔。

來到屋頂，已擠滿了觀眾。風雲乖僻城聳立在人群前方，叢出的煙囪在暮色中噴出茫茫的白色水氣。試圖中斷演出的事務局人員正與觀眾推擠。我看到擔綱主角的她在觀眾的守護下穿過人群。一切都太遲了。我還來不及抵達風雲乖僻城，最後一幕就已經開演了。拚命想追上她的我被狂熱的觀眾阻擋，只能頹然而立。我叫道：「讓我過去！」但我的努力只是徒勞。我拚全力伸長了手，但黑山般的人群阻隔在我與她之間，連要觀賞她的盛大演出都不可得。她上台了嗎？這麼一來，她將拋下我，投向即將出現的乖僻王的懷抱？即將在那裡抱住她的是什麼人？究竟是哪來的狗雜種？爲什麼不是我？

受不了懊惱的煎熬，我拾起掉落在腳邊的不倒翁扔過去。不倒翁畫出一個大大的弧形飛過夜空。四周的觀眾以責難的眼神瞪著我，逐漸離我遠去。我一個人佇立在原地。

戀愛之風轟轟吹過心上這塊妒火焚盡的焦土。

感冒之神看到我便繞道而行，這樣的我最拿手的就是探病。這個冬天，從羽貫小姐開始，許多人都因感冒病倒，我忙碌極了，說我煮的蛋蜜酒有一臉盆之多也不誇張。

對不起，是誇張了些。

總而言之，我去探望過許多人。

羽貫小姐的病情稍微穩定下來之後，我受紀子學姊之邀，到已卸任的學園祭事務局長住處探病。學園祭結束之後，紀子學姊與我成爲好友，我們還曾結伴到岡崎的京都市立美術館參觀。

那天，我們約在銀閣寺警察局前。哲學之道的櫻花樹在冬天的寒風中掉光了葉子，那淒清的景象，令人無法想像如彩糖般盛開的櫻花。陣陣寒風簡直要吹散了我的頭髮。我心裡想著好冷好冷，抬頭看著大文字山，哼起《北風小僧之寒太郎》之歌，不久看到紀子學姊和前內褲大頭目兩人走來。他們帶了許多探病的禮物。

「嗨，後來怎麼樣啊？」前內褲大頭目神清氣爽地說。他得償夙願，與紀子學姊重逢，從不換內褲的驚人之舉解脫，也告別了下半身的疾病，心情相當好。我眞替他高興。

「事務局長很生氣，說是閨房調查團青年部的人傳染給他的。」

「閨房調查團青年部是什麼？」

「這個嘛，嗯，就是那個啊。我不方便告訴女性。」

學園祭事務局長的住處，是一棟沿琵琶湖疏水道而建的灰色大型公寓，走過去約五分鐘路程。他的房裡堆滿了各式各樣的探病禮，連立足之地都沒有，事務局長本人也被逼到角落。這是曾任「學園祭事務局長」這等要職的大人物人緣佳的證明。不過萬一發生地震，他恐怕會被崩塌的「人緣」活埋。

「那樣我也甘願。」事務局長在被窩裡口齒不清地說。

「帶這麼多探病的禮物來，反而礙事。」內褲大頭目苦笑著說：「要不了多久，你恐怕連睡覺的地方都沒有了。」

「沒關係、沒關係，謝謝。」

事務局長將內褲大頭目帶來的禮物輕輕放在由探病禮物堆起的白色巨塔頂端。

「好多人來探病呢。」我說。

「京福電鐵研究會來過，詭辯社來過，電影社『御衣木』來過。幾乎所有社團都來了，我沒辦法一一記住……妳學長之前也來過。」

「我學長是指哪一位呢？」

「那個演乖僻王的混蛋啊。我和他大一就認識了。」

接下來我和紀子學姊去煮稀飯，內褲大頭目整理堆積如山的探病禮物，然後四個人吃著稀飯，回想起秋天的學園祭，懷念地聊了起來。我們擔心這樣會影響事務局長的病情，但他說「和人聊聊天比較有精神」。這時，我們又聊起了學長。

「他爲了演乖僻王這個角色，眞是連命都不要了。」

內褲大頭目這麼說。「不知道他幹嘛這麼拚命就是了。」

「原來是這樣啊。學長說他是碰巧路過……」

「眞是大言不慚！他根本就是搶劫舞台。」

「他那麼做有他的目的。」

說著，學園祭事務局長定定地望著我，「妳不知道嗎？」

因爲被戀愛之風吹了太久，我想我可能得了戀愛感冒，成了得了傳統「相思病」的男人。我自得其樂了一陣子，但平心靜氣地觀察病情後，發現似乎並非如此。這純粹只是感冒。一定是被事務局長傳染的。

眞沒意思。超沒意思的。眞是連一點情調都沒有。

正當我如此哀嘆之時，症狀明顯惡化。

鼻水自鼻孔中溢出，就好像水從容器裡溢出來一樣；咳得快吐血，身體如鉛般沉重，要爬出被窩到大學並非易事。可能是擤了太多次鼻涕，人中甚至腫了起來。聖誕節就在眼前，說過分也實在太過分了。這世上沒有神明了嗎！

即使如此，嚴以律己的我仍將上學視爲修行的一環，堅持到學校去。誰叫我的實驗小組已經有兩名弱者感冒病倒，要是我也倒下，就做不出實驗數據了。環視空蕩蕩的實驗室，脫隊者愈來愈多，空無一人的實驗桌也很多。擺滿老舊器具的實驗室本來就已經夠冷清了，現在更散發出荒涼的況味。感冒之神將學生一一擊倒的情景，彷彿歷歷在目。

我以發抖的手做實驗，打破了燒瓶；狂咳猛嗽之中，濺出了有毒藥劑；打起瞌睡被燃燒器燙到下巴。我抓緊白袍衣領無力地垂著頭，副教授實在看不下去，便猛力把我拉起來，說：「夠了，你給我回去，回去躺著。這下簡直等於全校停課了。」

走在落葉紛飛的大學校內，冬天的嚴寒、感冒的惡寒與渴望人的體溫的欲望聯手來襲，幾乎置我於死地。我只想快點逃離這一切痛苦，鑽進我熟悉的萬年鋪蓋，於是我跨上了腳踏車。

爲了調度物資以迎擊感冒之神，我繞到白川今出川的一家超市，以幽魂般的腳步走著，將營養補給飲料、寶礦力水得、甜麵包、魚肉漢堡、衛生紙等丟進籃子時，一個氣喘吁吁的男子站在我眼前。他抱著大瓶的可口可樂，不知爲何又抓著一袋生薑，眼睛半閉，那樣子好像在說「理性再也不管用了」。他披頭散髮，身體也微微搖晃，顯然是生病了。

正覺得這個人很眼熟，便記起他是內褲大頭目。不，在那次學園祭中，他得償夙願，鐵定已脫掉那件穿了一年的可怕內褲，所以現在應該叫他「前內褲大頭目」才對。我沒有向他打招呼的力氣，便快步從他身邊走過。只見他失神地抱著大瓶可口可樂，似乎完全沒有發現我。

我爬也似地回到宿舍，將食物塞進冰箱後，立刻倒向被窩。等到冰冷的被窩暖和起來，惡寒症狀也減輕了。

我巴不得她來探病，但總不能直接拜託她說「請來探望我吧」。這不是紳士的做法。深思熟慮的結果，我決定若有意似無意地對社團的人放出風聲：「我感冒病倒痛苦得不得了，可以的話，想請黑髮學妹來幫忙。」

我發出求救電子郵件，然而等了三十分鐘都沒有任何人回信，簡直就像朝大海扔石子。可能的理由有兩個。

一是大家都不願意和我扯上關係，所以佯裝不知。

再來就是，大家都感冒病倒了。

「但願是後者。」我這麼想著，沉沉入睡。

治療感冒的方式人人各異。

我首先想起的，是母親爲我磨的蘋果泥。回想起用湯匙舀起蘋果泥、一口口吃進嘴裡的軟綿口感，小學時那個因感冒請假沒去上課的寧靜早晨，那段痛苦卻又令人高興的甜蜜時光，便在我心中甦醒。由於我極少感冒，那可說是我寶貴的回憶之一。吃過蘋果泥，抱著不倒翁睡一覺，我的感冒馬上就好了。蘋果和不倒翁可說是奇效如神。至於我爲什麼會抱著不倒翁，那是姊姊放進我被窩裡的，她告訴我那是一種「魔法」。

那天，我去探望感冒病倒的紀子學姊。

紀子學姊喜歡小小圓圓的不倒翁，所以我想教她姊姊的魔法，便帶了一個藏在被窩裡的小不倒翁。那是我在學園祭撿來的。

我的目的地紀子學姊家，是位在吉田山東斜坡上一棟小小的鵝黃色公寓。當我搖搖晃晃地爬上神樂岡通往吉田山那條又急又窄的坡道時，幾許雪花自陰沉的灰色寒空中飄落。這應該是今年的第一場雪吧。

迎接我的紀子學姊說「大概是去探望事務局長時被傳染了」，蹙起秀麗的眉毛。她本就纖細瘦削，給人單薄印象，現在更顯得嬌弱無比，活脫是件一碰就壞的精緻玻璃藝術品。

「今天本來打算去《乖僻王》的首映會，現在不能去了。」

「那眞是太遺憾了。」

內褲大頭目一手造就的行動劇《乖僻王》，由「御衣木」電影社追蹤攝影，現在經過剪輯、配樂之後，即將以電影版上映。紀子學姊原本和內褲大頭目約好兩個人一起去看的，現在卻高燒不退，學姊覺得很懊惱。

然而就在我解釋了不倒翁靈驗無比的神力、塞進她的被窩時，帶著大瓶可口可樂的內褲大頭目來了。只是，來探病的人卻喘得比病人更厲害，一眼就看得出他也爲重感冒所苦。他自己發著高燒，卻在這寒冷的冬日之中，不遠千里來到她的公寓。他痛苦地呼呼喘氣，放下大瓶可口可樂，從超市袋子裡拿出一包生薑。

「感冒就要靠這個。」

內褲大頭目將可樂倒進鍋裡，加進切碎的生薑，咕嘟咕嘟煮開。據說可口可樂內含的神祕成分對治感冒相當有效，加入生薑更可提升其效能。

紀子學姊顯得有些爲難，但還是忍耐著喝下去了。

內褲大頭目讓紀子學姊喝過生薑熱可樂似乎安心了，盤腿而坐，無力地垂下頭。

「沒換內褲的時候我一次感冒都沒得過，但是下半身生病了。」他喃喃地說，「結果換不換都會生病。」

紀子學姊將不倒翁抱在胸前，說：「不好意思，還要你特地來看我。」

「沒關係，沒關係，這樣妳的感冒就會好了。」

看著他們彼此關心體諒的樣子，我感到好幸福，不禁心想：感情融洽便是美啊！

「今天本來是要去看《乖僻王》首映會的。」

「那個沒了。」

「爲什麼？」

「因爲工作人員全都感冒，首映會中止了。」

「感冒這麼流行？」

「我想元凶是學園祭事務局長，去探望過他的人全得了感冒，就傳染開了。學校裡很冷清。」

說著，內褲大頭目轉向我，說：「妳也要小心。」

「我不要緊的。感冒之神一定很討厭我。」

內褲大頭目和紀子學姊爲發燒所苦，話愈來愈少，最後只是以呆滯的眼神彼此互望。我想我該走了，但不知天氣如何？我站起來走到窗邊。

外面傳來細微的沙沙聲，就像葉子擦過窗戶。

輕輕拉開窗簾，我吃了一驚。從窗戶看出去，神樂岡的街道盡收眼底，大文字山聳立在前方。街道彷彿變成大碗的底部，雪勢比剛才大上許多，雪花密密落下。也許是我想太多，但整條街彷彿在大雪中靜止，悄然無聲。我想，大家一定都感冒了，個個裹起被子，豎起耳朵，傾聽初雪擦過窗戶的聲響。

我把額頭貼在起霧冰冷的玻璃窗上，望著下雪的市街。

到底怎麼回事？

感冒之神，感冒之神，您爲何活躍如此？

從半夢半醒中醒來，感覺身體更加沉重。我吃力地從被窩裡爬出來，蹣跚踉蹌地沿著冰冷的走廊走到公用廁所，雪花從敞開的走廊窗戶吹進來。我凍得直打顫，在響亮的牙齒互擊聲中上完廁所。

即使回到萬年鋪蓋，我仍全身無力，無法在骯髒的天花板上放映未來的願景，也無法對四疊半的房間一角發表哲理。我把棉被拉到頭頂，縮成一團，抱住身體。這是沒人要抱我、我也無人可抱之下不得已的自給自足。然後，我開始針對她來思考。

無法動彈地凝視著被窩裡的黑暗，我勇敢面對一個根本性的大問題。與她相遇超過半年，我只有填平護城河的機能特別進化，脫離了戀愛的正軌，淪落爲「永久護城河填平機」，原因出在哪裡？這個問題有兩個可能的答案。一是，我不敢明白確認她的心意，是個令人唾棄鄙夷的孬種。但這攸關我的面子，所以先予以否定。那麼，就只剩下另一個答案——其實我並沒有愛上她。

世上存在一種惡質的偏見，認爲上了大學就會交到女（男）朋友。但是事情其實是相反的。是笨學生受到「上了大學就會交到女（男）朋友」這偏見鼓動，盲目奔走以保全自己的面子，導致了每個人都有女（男）朋友的怪現象，更助長了偏見。

人最好平心靜氣地檢視自己。我是否也受到這種偏見鼓動？我以孤高之士自居，但其實是否醉心於流行，只是愛上了「戀愛」這件事？愛上了「戀愛」的少女也許可愛，但愛上「戀愛」的男人可是萬眾皆噁啊！

我對她究竟知道多少？除了被我不斷注視到幾乎要燒焦的後腦杓之外，說我完全不了解她也不爲過。那麼，我爲何會愛上她？毫無根據。這不就表示她只是剛好被吸進我內心的空虛而已嗎？

我利用她的存在，塡補自己內心的空虛。這種軟弱的心機便是一切錯誤之所在。做人要知恥，我應該向她下跪道歉。在尋求便捷的解決之道前，睜大眼睛看清楚自己的德性，然後面壁思過，羞愧得像不倒翁一樣鼓脹通紅。要以此逆境爲踏腳石，才有可能成爲「完整的人」。

不久我想累了，因發燒而呆滯的眼睛望向書架。

我想起那個夏日午後，我爲了追尋她，在慵懶的舊書市集四處徘徊，汗水沿著額頭淌下的觸感，如雨聲般不絕於耳的蟬鳴，自古木枝頭射下來的熾烈陽光……與她並肩坐在鋪著墊布的納涼座上喝的彈珠汽水的味道……咦，我沒有和她一起喝彈珠汽水吧？這是我的幻想嗎？我分明還記得冰涼的彈珠汽水刺激喉嚨的味道啊，她在我身旁抱著那本純白的圖畫書、露出笑容的臉蛋分明歷歷在目啊。

我坐在墊布上，就這麼成了沉思者。南北狹長的馬場自北而南漸漸暗下來，彷彿沉入湖中一般。仰望天空，挾帶十足水氣的灰色烏雲驟然湧現。空氣中滿是甜甜的、憂愁的味道，預告午後陣雨即將來臨。

不久便嘩啦啦下起雨來，於是我到附近帳篷避難。

聽著敲打帳篷的雨聲，我掃視書架，視線在竹久夢二的文集上停下來。我拿起來翻閱，一首詩映入眼簾。

我等人是苦，
讓人等更苦，
無人等我無可等，
孤身一人又何如。

雨下得很急。

此刻是盛夏的中午，為何我卻感到徹骨之寒？是因爲驟然下起午後陣雨的緣故嗎？還是因爲我獨自一人？

「孤身一人又何如！」

不久雨停了，熾烈的陽光射下來。在無止境的舊書堆中，我邁開腳步尋找她的身影。我要在舊書市集結束之前找到她，然後伸手與她拿同一本書——我這麼想，愈想愈是心急。忽然間，我看到一個酷似她的身影。那貓咪般的腳步，閃耀的黑髮。但是那人影卻不斷往無數書架中走去。無窮無盡的書架，擋在我與她之間。這個舊書市集到底有多大？爲什麼我如此緊追不捨，仍被拋下？我啊我啊，爲何空自窮忙？

然後，太陽西沉了。落入暮色中的帳篷區，亮起點點橙色的電燈。人影全無。夜晚空無一人的舊書市集正中央，唯有我茫然佇立。此時，黑暗的樹林之後，一輛燦然生輝、不可思議的三層電車駛過下鴨神社的參道。車窗裡發出的光，明晃晃地照亮了悄無聲息的黑暗森林。掛在車身上翻飛的萬國國旗與七彩綵帶在黑暗中飄動。

我孤身一人目送那輛眼熟的電車。

孤身一人。

「孤身一人又何如！」

我再度大喊。

淺田飴，是江戶時代一位名叫淺田宗伯的中醫師所發明的。淺田宗伯醫生向京都的中西深齋大夫學習傷寒論，明治維新後成為東宮太子殿下的御醫。一位姓堀內的先生向他習得淺田飴製法，以「良藥甘口」這可愛的口號推廣淺田飴，流傳至今。大正時代西班牙流感大發其威，奪走眾多人命，淺田飴曾與之奮戰的英勇事蹟自然也不能忘記。它是與史上最難纏的感冒搏鬥的、小而強的糖果。良藥甘口！真是無可挑剔。如果可能，我也想成為那樣的人。

——以上這些，都是我現學現賣的。

舊書店峨眉書房的老闆病倒，我和樋口先生一起去探病，就是那時學到的。

當天早上，十二月最後一堂課結束了。

我在中央食堂大口吃完中餐後，到鐘塔前與樋口先生會合。然後我們搭公車到四条河原町。交通費是用羽貫小姐給樋口先生的回數票付的。羽貫小姐的病情總算好轉，現在只有些微發燒而已。這下我也就放心了。

聖誕節迫在眉睫，四条河原町滿是紅綠相間的飾品，處處都播放著歡樂的聖誕歌曲旋律。阪急百貨公司掛起大型布條，宣告聖誕節的到來。樋口先生向打扮成聖誕老公公的女子要了很多面紙。

「萬一感冒，這就能派上用場。」他說：「到處都在準備過聖誕節呢。」

「是呀，好歡樂呢！」我說。

「雖然是跟我們無關的外國節慶，不過，歡樂就是好事！」

「同感同感！」

我與樋口先生受聖誕節的氣氛感染，賞玩了擺在店頭的聖誕商品好一會兒，才猛然想起原本的目的。

進入從河原町向東延伸的小巷，走過廢校舍旁，遠離了河原町的熱鬧。走過跨在高瀨川上的小橋，便是木屋町。然而白晝的木屋町，沒有與大家喝酒闊步同行那一天那不可思議的熱鬧。樋口先生穿過住商混合大樓間的小巷，帶我到一家裝了格子門的木造房子。「打擾了！」說著他拉開格子門，屋裡有祖母家的味道。樋口先生不等人回應，便大剌剌地進屋。

老闆在一樓的客廳，身子深深陷在綠色的舊沙發裡，愣愣地聽著廣播。他抬頭看著毫不客氣闖進來的樋口先生，叨念說：「你啊！不要擅自闖進別人家。」

「我是來探病的啦，探病。」樋口先生說。

老闆繫著茶色圍巾，光溜溜的禿頭戴著紅毛線帽，含在嘴裡不時翻攪的是他愛用的淺田飴。他說老闆娘也感冒了，在二樓休息。他叫我們坐在他對面的沙發，從熱水壺裡倒出加了藥草的茶請我們喝。

老闆一關掉收音機，掛在柱子上的時鐘滴答聲就顯得格外響亮。這家店儘管處在鬧區，客廳的玻璃窗後竟有個小小庭園，長著一棵如鐵絲工藝般無趣的樹，殘存的幾片葉子在灰色的天空下搖晃著。

「你不躺著沒關係嗎？」樋口先生問。

「躺了一早上，害我無聊得要命。」

老闆咳了一聲，嘴裡的淺田飴撞到牙齒卡嘁卡嘁響。

「我是在閨房調查團總會被傳染的。東堂那個王八蛋，感冒也不乖乖在家裡躺著，大搖大擺跑來，結果與會的全都跟我一個德性。千歲屋啦，青年部的學生們也一樣……」

老闆恨恨地大聲擤鼻涕。

好久沒聽到東堂先生的名字，令我感到十分懷念。

東堂先生是個中年大叔，鐵腕經營位於六地藏的東堂錦鯉中心，善於談論人生。五月底，我爲了尋求酒精踏上夜晚之旅時，第一個遇到的就是東堂先生。要是沒有遇見他，我就不會去木屋町的那家店，不會被他摸胸部，也不會在那窘境中被羽貫小姐所救，不會遇見像樋口先生這種了不起的人，更不會遇見李白先生、赤川先生這些愉快的朋友，換句話說，我的世界一定會像貓咪的前額一般窄。東堂先生正是上天賜給我的一道霹靂，爲我的人生劈開了愉快的新天地。

「東堂先生也感冒了嗎？那得去探病才行。」

「那種混蛋，不用理他。」

峨眉書房的老闆冷冷地說：「反正有他女兒照顧他。」

這時，我們聽到有人打開外面的門，客氣地說：「有人在家嗎？」

「進來。」峨眉書房的老闆回答之後，京料理鋪千歲屋的老闆便來到客廳。他穿了很多衣服，身體圓滾滾地腫了一圈，體格顯得壯碩、氣派。他帶著一個包袱。

「你不用躺著休息啊？」峨眉書房的老闆瞪他。

千歲屋的老闆搔搔頭。「……應該是要，可是這個時期正忙。我去買東西，順道過來看看。

「硬撐會過不了年喔。」

千歲屋老闆從包袱裡取出大大的南瓜，說：「請吃這個來補充營養。」然後又從包袱裡取出一個小玻璃瓶，瓶裡裝了很多梅乾。

「我不吃南瓜，小時候吃怕了。」

「別這麼說。冬至就快到了，一定得吃南瓜的。」

「那個梅乾呢？我也討厭梅乾。」

「眞不配當日本人。《江戶風俗往來》寫說陳年梅乾是感冒藥，可以配粥吃。

老闆娘情況如何？」

「我老婆躺著，她也發高燒。」

「那眞是糟糕。」

接下來，我們喝著加了藥草的茶聊天。我覺得那個南瓜圓圓的很可愛，便放在膝上摩挲。千歲屋老闆見了便說：「有兩個，一個給妳好了。」我抱著南瓜，心想：把南瓜煮一煮帶去給羽貫小姐吃好了。

「這位先生，好久不見了。」

千歲屋老闆看著樋口先生說。

「記得上次見面是舊書市集吧？」

「是嗎？」

「還一起吃了火鍋不是嗎？」

樋口先生似乎想起來了，說：「嗯，火鍋很好吃。」

「哪裡好吃了！我還以爲我會沒命哪！」

「是嗎？我忘了。」

千歲屋先生說：「忘了？你眞是……」接著好一陣子說不出話來。我沒吃過李白先生的「火鍋」，想來味道一定非常恐怖。我天生怕燙，光是聽到「火鍋」這名稱，就覺得舌頭又麻又痛。

重新打起精神來的千歲屋老闆繼續說：

「那時候來的都是怪人。那白髮老人也好，你也好，京福電鐵研究會的學生也好……結果堅持到最後的是你，還有另一個。」

「哦，他啊。」

「他啊，明明答應我要爭取北齋的，結果竟半路倒戈。眞是的。他一定很想要那本不知名的圖畫書。」

「我輸給他了。」

樋口先生轉向我，解釋說：「就是妳學長。」

後來，我們帶著梅乾、南瓜和淺田飴踏上歸途。明明是去探病，卻帶著戰利品回來，請原諒貪心的我們吧。峨眉書房的老闆送我們到玄關。

「幾時有興致，也到我店裡去看看吧！」

「沒有歇業嗎？」

「我請到一個很有慧根的孩子，就大膽把店交給他了。那孩子年紀雖小，卻聰明得不得了，又伶俐，比近來的大學生能幹多了。」

我離開位於疏水道旁的宿舍，走在北白川的街上。

來到北白川別當的十字路口，看到便利商店在暮色中燦然生輝，才總算想起自己是出來採買食物的。因爲發燒，感覺就像喝醉酒一樣，四周的景色輪廓不時顫抖晃動。我在便利商店的購物籃裡放了優格、飲料等，到櫃檯結帳時，宣傳聖誕蛋糕預約活動的海報映入眼簾。然而這時的我，已經連焦躁、迴避、爲空虛咆哮的力氣都沒有了，只求攝取能夠維持生命的營養，躺在萬年鋪蓋裡。甚至連反省自己沒志氣的餘力都沒有。

我離開便利商店回到宿舍，喝完速食湯，便鑽進被窩裡，朝著被窩中的黑暗咳嗽，低聲念道：「咳也孤身一人」。

在身體虛弱時思考，想的沒有半件好事。

入學以來只降不升、今後也沒有進步指望的學業成績。高喊著考研究所這個逃避的藉口，將就職活動往後延（注）。沒有靈巧的心思，沒有卓越的才能、沒有存款、沒有力氣、沒有毅力、沒有領導能力、也不是那種小豬仔般可愛得令人想用臉頰磨蹭的男子。「什麼都沒有」到了這個地步，是無法在社會上求生存的。

我一心急，竟爬出萬年鋪蓋，啪啪啪地以手心到處拍打四疊半大的房間，看看會不會從哪裡滾出一些寶貴的才能來。這時候，我驀地想起一年級時，我相信「深藏不露」這句話，好像曾經把「才能撲滿」藏到壁櫥裡。

「不是有那個嗎！喔喔，對嘛！」我高興起來。

誰知一打開壁櫥，裡面竟長滿了巨大的菇。我訝異地想：「什麼時候變成這樣了？」一手推開那些光滑的菇。從壁櫥深處取出的「才能撲滿」發出金光，彷彿在預告我的未來。我把撲滿倒過來，發狂似地猛敲，結果敲出了一張紙，上頭寫著：

「從能做的事一步步做起。」

我撲倒在萬年鋪蓋上，忍不住嚎啕大哭。

我精神抖擻地迎接了冬至的早晨。

在床上一睜開眼，朝玻璃窗外看去，風正咻咻猛吹。今天我必須到學生合作社去買回家的車票。我一骨碌起床，跳了一會兒詭辯舞來爲自己打氣。

把衣物丟進洗衣機之後，我打開電視，滋滋有聲地煎著荷包蛋。這期間京都電視臺的新聞始終在談感冒。感冒之神將我的親朋好友一一擊倒後並未就此收手，像武士試刀般轉而攻擊街上的人們。新聞節目紛紛緊急製作了預防感冒的單元。

我看見我所住的元田中的公寓大廳裡貼了「小心感冒」的海報。聽說住在一樓

注：日本大學生預計大學畢業後便投入職場者，通常從大三便開始參加就職活動，大四便獲得企業、公司的錄取。

的房東全家都病倒了。整座公寓靜悄悄的，就連平常熱鬧到深夜的麻將聲，這幾天也完全未有聽聞。此外，今晚社團本來要辦尾牙，但絕大多數的社員都病倒了，所以昨晚接到電話通知「尾牙中止」。據說這樣的情況前所未聞。病倒的人太多，我無法一一去探病，眞是遺憾。

我吃過早餐，增強了免疫力之後，準備出門。衣服已經洗好了，我就在陽台上晾起來。一陣溫溫的、忽強忽弱的風吹來，但似乎不會下雨。

晾完衣服，我查看瓦斯開關準備出門時，剛好看到倒在房間一角的緋鯉布偶。那是秋天學園祭時，我以自己都欽佩的完美射擊技巧贏得的精品。

「對了，拿這個送給東堂先生當探病的禮物吧！」

我想到這個主意，覺得興奮極了。

雖然峨眉書房的老闆說過「不必去探望」這種冷漠的話，他仍仔細告訴我東堂錦鯉中心的地點，所以我今天的計畫就此底定。再怎麼說，東堂先生都是養育錦鯉的人，看到這麼大的鯉魚，一定會精神百倍的。一定是的。

於是我拿出一塊大包袱巾包起緋鯉，抬頭挺胸地出門去了。

回想起上大學以來的歲月，難道不是對所有的一切思慮重重，想方設法於拖延早該踏出的第一步，徒然虛度了嗎？即使是在她這座城塞的護城河打轉，徒然讓自己愈來愈疲憊的此際，狀況也毫無改變。因爲我內心多數的聲音總會召開會議，阻止一切決定性的行動。

我從萬年鋪蓋上站起來，沿著長長的走廊走向會議室。我一上台，提議「向她提出交往的要求」，會場立刻便化爲激動的坩堝。

「堅決反對隨波逐流！」

「你這懦夫，根本就只是想排遣你的孤獨。咬牙忍住！」

「你只是因爲看不見自己的未來，想藉她來逃避吧！」

「要慎重！首先要確認她的心意，盡可能以不動聲色的方式迂迴試探！」

「和女生交往這種纖細奧妙的事，你做得來嗎？好玩嗎？」

「你根本滿腦子猥褻的想法，只想趁機摸她胸部幾把吧？」

我終於忍無可忍，予以反駁。「我是滿腦子猥褻的想法沒錯，但應該不止這樣！應該有更多別的才對！更多更美麗的事物！」

「那我問你，假設你和她的第一次約會成眞了。萬一你成功地過了快樂的一天，到了晚上，她向你投懷送抱，你要如何應對？」

「她不是那種像泡麵一樣速食的女生。」

「這純粹是假設，要是她那天晚上就對你說：來，摸我的胸部。你拒絕得了嗎？」

我痛苦不堪地扭動身子。

「我不會拒絕、我不會拒絕的！但是……」

「看吧！如假包換的大色狼。去向她道歉，跪著向她道歉！然後去摸掉在路邊的橡皮球洩欲吧！」

我滿腔憤怒卻無法反駁，叫道：「詭辯！詭辯！」

「那你就爽爽快快地說吧！你是怎麼愛上她的，你爲何選擇了她。既然你主張應該在此時此刻踏出第一步，就要提出符合邏輯思考的理由，讓千萬人信服。」

頓時罵聲四起。卑鄙、叛徒、造反、好色、愚蠢、莽撞……在台上的我承受所有的咒罵，連氣都喘不過來。

「但是，諸君！」

我舉起雙手，以沙啞的聲音向滿場的辯論對手叫道：

「既然要我如此徹底地思考，那麼，請告訴我男女究竟要如何展開交往？要符合諸君所求，純潔地展開戀情根本是不可能的事，不是嗎？愈是檢討所有的可能原因，徹底分析自己的意志，我們便會如同在虛空中靜止的箭一般，根本連一步都踏不出去了，不是嗎？性欲也好、虛榮也好、流行也好、妄想也好、愚蠢也好，怎麼說我都接受，都是對的。但是，難道不應該吞下所有的一切，即使明知未來等待著我們的是失戀這個地獄，也有那麼一瞬是應該向暗雲縱身一跳的，不是嗎？此時此刻不跳，千秋萬世，就只能在昏暗的青春一角不斷打轉而已，不是嗎？諸君，這是你們真正的願望嗎？要一直這樣下去，不向她表明心意，就算明天孤單死去也無悔，有人敢這樣說嗎？敢的人上前一步！」

會場鴉雀無聲。

我筋疲力盡，下了台，又沿著長長的走廊走回去，在萬年鋪蓋上醒來。我彷彿眞的朝天花板吼過一回，喉嚨發疼，眼角流下了一行熱淚。一點都不像剛睡過一覺。

「反正，現在這副德性……也無計可施……」

我喃喃說著起床，邊喘邊爬過榻榻米，打開電視，悶悶地看著電視，吃了香蕉，喝了茶。

窗外明晃晃的，充滿了冬日早晨的意趣。

今天好像是冬至。

我在出町柳車站轉乘京阪電車，與包在包袱巾裡的緋鯉一同搖晃前進。在中書島車站轉乘宇治線，到六地藏車站有三站。從六地藏車站前，帶著大大的包袱往伏見桃山的方向走去，不久便走到市區。

但是，我一直找不到東堂先生的府邸。在我的想像中，東堂錦鯉中心是個放眼望去淨是寬廣蓄水池、有無數的鯉魚飛躍，像龍宮城一樣的地方。如此豪華絢爛的機構我應該不會錯過才對，眞是奇怪。我把地圖橫著看、倒著看，在冷清的街上來來回回好幾遭。終於，我發現自己在一間掛著小小的東堂錦鯉中心招牌的民宅前經過了好幾次。事後我問東堂先生，原來蓄水池是在屋子的後方。

民宅旁有個小工廠般的地方，放著很多水槽、水管之類的東西。機械轟隆隆的聲響不絕於耳。一名穿著工作服、戴著白口罩的男子在水槽邊巡視，我對他說：

「不好意思打擾您。」男子回答我：「哪裡哪裡。」

「想請教一下，這裡有沒有一位東堂先生？」

「社長嗎？社長在辦公室二樓躺著……」

「我聽說東堂先生感冒了，來探病的。」

男子打了一個大大的噴嚏，生氣地說：「眞是夠了！」然後朝著我，禮貌地行了一禮。

「小姐特地來探病，眞是不好意思。這邊請、這邊請。」

辦公室裡有個大大的鑄鐵暖爐，擺在上面的鐵茶壺靜靜地冒出蒸氣。我坐在椅子上，以暖爐取暖，不久穿著棉襖的東堂先生便下樓來了。他令人懷念的小黃瓜臉顯得更加憔悴瘦削，眼睛因發燒而充水，半張臉滿是鬍子。不過東堂先生一看到我，便開心地笑了。

「哦，是妳啊。還特地跑到這裡來。」

「是峨眉書房的老闆告訴我的。」

「峨眉書房的老闆？他很生氣吧？都是我把感冒傳染給他。」

「是有點生氣。」

穿著工作服的男子說「社長，葛根湯」，將藥遞過來，東堂先生乖乖喝了。然後，他哀嘆說：「我女兒也來探病，我連她也傳染了……實在是對不起她啊，眞的。後來就沒有任何人來探病了。妳竟然還記得我，眞是謝謝妳。」

「因爲東堂先生是我的恩人呀。」

「我是哪門子的恩人啊！」

我喝著茶，說起多虧在先斗町遇見東堂先生，後來才能得到種種寶貴的經驗。東堂先生說「妳還眞是經歷了不少事啊」，感慨地聽著。我送上探病的禮物緋鯉布偶，東堂先生抱住大緋鯉直掉眼淚。「眞教人懷念。現在回想起來，我從來不曾度過那麼歡樂的夜晚啊！」說著，聊起那一夜的回憶。

「和妳聊聊，比喝葛根湯還有用。我已經好久沒有這麼愉快了。」

「您一定很不舒服吧。」

「發燒不退，又咳得厲害……一直做些怪夢，睡覺也不覺得有休息到。」

「做了什麼樣的夢？」

「很悲慘的夢。我跟妳說過今年春天遭到龍捲風襲擊的事吧！我一直不停地做那個夢。夕陽西下，我抬頭看天空，呼喚每一隻鯉魚的名字。可是，鯉魚卻一隻隻被龍捲風吸上去……一直重複做這個夢，眞的很折磨人。」

「眞是苦了您。」

「這樣也就算了，我還把感冒傳染給大家，又給人添了麻煩……」

東堂先生落寞地低聲這麼說，手伸向暖爐取暖。我在一旁看著他那悲傷的模樣，腦海裡鮮明地浮現感冒之神在人群中起舞漫步的情景。

從東堂先生身上踏上旅程的感冒之神找上奈緒子小姐夫妻，從他們夫妻再找上赤川社長，再從赤川社長到內田醫生和羽貫小姐——。而同時，祂又藉由東堂先生找到閨房調查團的團員，找到峨眉書房老闆，找到京料理鋪千歲屋的老闆，找到閨房調查團青年部眾人，然後找到學園祭事務局長——。學園祭事務局長把感冒傳給內褲大頭目和紀子學姊，傳給來探病的京福電鐵研究會、電影社「御衣木」、詭辯社等眾多相關人士。這多達數十人的相關人士，再將感冒各自傳給他們的親友，片刻間便蔓延到整所大學。幾千名學生得了感冒，病毒又在他們出入的打工之處、玩樂場所散播開來，然後傳遍整個京都——

此時，我忽然想起一件事，便問：「東堂先生為什麼會感冒呢？」

東堂先生苦笑。

「其實啊，我那個毛病又犯了。李白先生說他得到很不得了的……那個……春宮畫，我就去找他借看。當時，李白先生一直在咳嗽。我一定是那時候被傳染的吧。」

李白先生！

我們之間牽起了緣分的線，感冒之神在線上縱橫來去。而在這不可思議的情景正中央孤伶伶地坐著的，便是李白先生。

我受這神聖的想法感動，不禁重重嘆了一口氣。

可是，大家如此友愛地一同感冒，爲何唯有我落單？那種心情，就好像在人人沉睡的深夜裡，獨自一人在床上醒來的孩子。

我不禁低吟：「孤身一人又如何。」

「妳沒事吧？」

東堂先生擔心地問。

我在萬年鋪蓋上起起臥臥，度過了一年之中最短的冬至白天。

帶著鼻音的學弟通知我，原本預定在當晚舉行的社團尾牙停辦了。「你怎麼沒來看我！」我生氣地罵道，結果學弟一句「現在根本不是探病的時候」，完全沒把我放在眼裡，他說起路上因流行感冒變得有多冷清。

「學長，你也看一下電視好不好。」

我在萬年鋪蓋上坐起來，把棉被披在肩上，打開電視，轉到京都電視臺頻道。感冒之神趕走了在街上張狂的聖誕氣氛，攻占了主角寶座。電視臺卯起來不停播報感冒特集，教導種種早已對我無用武之地的感冒預防方法。聖誕夜前夕，本應熱鬧滾滾的街上，正慘遭感冒之神蹂躪。我不禁叫好。反正我本就得獨自孤單地忍受感冒的折磨，無法歡慶聖誕之夜。那些想到街上尋歡作樂的下流之輩，最好是一個個被感冒之神踹回家裡蹲著。

「這波感冒實在有夠厲害，簡直跟西班牙流感有拚。」

街頭過於空曠寂寥的情景，連我也感到吃驚。

電視裡的外景記者戴著誇張的口罩，站在四条河原町的十字路口，叫著：「請看！行人竟然少到這個地步！」街上幾乎空無一人，車子也很少，路過的京都市公車宛如空無一物的箱子。街上為了聖誕節裝飾得金碧輝煌，反而更凸顯了無人的蕭瑟，甚至顯得詭異。簡直是一座鬼城。

記者以一副在世界大戰後尋找生還者的模樣在街上徘徊，一看到行人便上前訪問。問著問著，攝影機捕捉到一個大步前行的黑髮少女。我不由得爬出萬年鋪蓋，緊黏住電視不放。

「妳連口罩都沒戴，好像很健康的樣子，請問妳有什麼預防感冒的祕訣嗎？」

記者問。

「沒有……硬要說的話，就是感冒之神討厭我。」

「妳爲什麼說得這麼悲傷呢？」

「因爲只有我一個人被排擠了……」

我心儀的黑髮少女對著鏡頭，落寞地說。

我搭京阪電車回來。乘客只有寥寥數名。

我在電車的搖晃中思忖。

這一陣子都沒有看到學長。我開始懷疑學長是不是出事了。在這之前，我們每隔幾天就會因奇遇而相逢，這麼久沒見面是絕無僅有的事。我很擔心。學長該不會是感冒發高燒，一個人病倒了？那可是大事一件。就像內褲大頭目、學園祭事務局長、樋口先生和千歲屋老闆告訴我的，在我不知情的時候，學長在各方面都極其活躍，如此活躍的人要是感冒被困在宿舍裡一定很痛苦。學長是個非常親切、充滿愛的人，所以才會爲了我而捨命爭取圖畫書、與我共同演出，在各方面對我極盡照顧之能事。我一定要報恩！——我如此下定決心。

我想順路去逛逛峨眉書房，便在京阪四条車站下車，爬上樓梯來到四条大橋的東詰，街上安靜異常。平常總是人來人往的四条大橋，此刻卻只有小貓兩三隻。原本刺眼的陽光變弱了。從橋上向北看，鴨川盡頭的北方天空湧現了不祥的黑雲，撫上臉頰的，是溫溫的、令人不舒服的怪風。

即使來到河原町，也只有風吹過空蕩蕩的街道。毗連的店面在聖誕飾品裝飾下燦然生輝，卻幾乎沒有客人上門。腳步蹣跚地走過的人影，全都帶著大大的口罩。

在四条河原町的轉角遇到京都電視臺的街頭採訪，我也被採訪了。記者好像也感冒了，分手之際，我說「請多保重」，她也對我說「妳也要多保重」，然後我們無言地環視街道。我們簡直就像站在世界毀滅後的四条河原町。

商店裡播放的聖誕旋律被不時颳起的強風風聲蓋過。風穿過大樓間的夾縫，發出的咻咻聲活像巨獸躲在大樓後狂嗥。這些風究竟是從哪裡吹來的呢？迎著將我與聖誕節颳得亂七八糟的風，我總算抵達了峨眉書房。

推開玻璃門走進去，所有聲音宛如被書吸走一般，舊書店裡靜悄悄的，暖氣暖烘烘的，我總算安心了。一進門，只見門口堆著盒裝的美麗全集，如高塔般聳立。

在最後面的櫃檯坐鎮的，是一個嬌小的美麗男孩。他的下巴擱在櫃檯上，生氣似地鼓起臉頰，就這樣瞪著一本攤開在櫃檯上的大開本舊書。

「你好。」我說。

男孩哼了一聲，抬起頭來，一看到我，臉就亮了起來。

「哦，這不是拉達達達姆的姊姊嗎？好久不見！」

「舊書市集之後就沒見過了。沒想到會在這裡遇見你。」

「我拜這家舊書店老闆為師，說好一放寒假就每天來。」

「老闆說你很有慧根。」

「那當然了，因為我是天才啊。」

「你在看什麼？」

「這個啊，是一本叫《傷寒論》的中國醫學書籍。」

男孩收好《傷寒論》，從熱水瓶裡倒茶請我喝。我回贈了一顆淺田飴。他津津有味地含著淺田飴，咕噥著說：「不過我是不會感冒的。沒感冒的時候吃感冒藥是很傷身的，吃太多會流鼻血。現在流行很毒的感冒呢，姊姊不要緊嗎？」

「感冒之神討厭我。」

「大家都病倒在床起不來，在感冒之神安分之前，整座城市都動不了。妳不覺得很好玩嗎？沒有輸給感冒的，就只有姊姊和我而已。」

他撫摸著《傷寒論》，一臉得意。「萬一得了感冒，我就舔『吃了感冒藥也治不好的感冒的藥』。」

「那是什麼？」

「得了吃了感冒藥也治不好的感冒，只要一吃那種藥就馬上會好。」

男孩從身旁取出一個小瓶子，瓶裡是清澈的褐色液體，不倒翁般的胖胖瓶身貼著標籤，上面以古意盎然的字體寫著「潤肺露」。

「這是大正時代賣的感冒藥，不過現在已經沒人在賣了。我父親精通中藥，自己精心製作的。我也會做。」

「這麼有效嗎？」

「有效得跟魔法一樣。姊姊想要的話，我可以分一瓶給妳。」

於是我想到了——要是學長眞的爲感冒所苦，我一定要把這感冒藥送去給他，好感謝他爲我所做的一切。

我愼重地收好男孩給的藥。

當我再次推開沉重的玻璃門，回到河原町時，男孩站起來送我。冷清的街道上又颳起了風，紙屑滑行而去。在雲縫裡露出的幾許陽光照耀下，一個七彩綵帶般的東西閃閃發光地朝河原町大樓飛去。我和男孩站在舊書店門前，朝那個東西看了半天。

「我想姊姊一定不會感冒的，這是神明的安排。」

男孩說。「那感冒藥最好是給對姊姊很重要的人吃。」

「謝謝你。」

「期待姊姊下次光臨。」

我搭上市公車，打算先回住處一趟。車上除了戴上大口罩的司機先生，沒有半個乘客。我穿過了無人的街道。

平常擠滿了年輕人的出町柳車站前靜悄悄的，走回公寓的路上也靜悄悄的，像所有居民都死光了似的，只有吹過電線桿頂的風聲咻咻作響。因爲太安靜，反而令人覺得可怕。

回到公寓時，正好遇到戴著口罩、圍著圍巾的羽貫小姐從裡頭出來。她提著大購物袋。

「啊啊！原來妳在這裡！」

她露出開朗的神情。「我出來買東西，順便來找妳。」

羽貫小姐聲音雖然沙啞，但看起來很有精神，我就放心了。她的頭髮被風吹得亂七八糟的，往我身邊一站，以憤憤不平的臉色環視四周。

「喏，爲什麼這麼安靜？」

「因爲現在流行很嚴重的感冒。」

「我還以爲我病倒的時候世界滅亡了。」

「羽貫小姐找我有什麼事嗎？」

聽我一問，她小聲說「妳可別驚訝喔」，然後蹙起美麗的眉毛。

「樋口竟然感冒了。」

我寂寞孤單地忍受著生病的痛苦，在萬年鋪蓋中輾轉反側。每當懦弱不安來襲，我都喃喃自語：「從能做的事一步步開始……」因爲念了太多次，這句話便在我腦中迴響，不肯離去。

從能做的事一步步開始。

一步步。

一步步。一步步。

回過神來時，我正踏著石板路，一步步走在夜晚的先斗町。隔著石板路，有如浮現在黑暗中的幻影般，餐廳與酒吧的燈光連綿不絕。我不知道自己要走向何方。穿梭在熱鬧來去的醉客之間，我只是一步步走著。這時，有蘋果掉落在我眼前。

「這種地方怎麼會有蘋果！」才這麼想，便發現那是不倒翁。

不久我晃進一家酒吧。平常的我不敢這麼做，但這是在夢裡，所以我沒有絲毫猶豫。我獨自坐下喝著僞電氣白蘭時，細長如走廊的店內深處響起歡呼聲。

不久，一個身穿浴衣的怪人在天花板附近輕飄飄地飄著，飄到吧檯上方。他叼著粗粗的雪茄猛吐煙。就算是在夢裡，會做這等奇事的人就我所知也僅只一個。

「嗨，樋口先生。」我抬頭說。

樋口氏在天花板一角悠然轉身，擺出盤腿而坐的姿勢，說：「哦，是你啊，眞是奇遇。學園祭之後就沒看到你了。你也感冒了吧。」

說罷樋口氏在我身旁的椅子輕巧落地。

「說來丟臉，我也感冒了。」他懊惱地說。

「可是你看起來精神很好啊。」

「這是這，那是那。」

「莫名其妙。」

我說完後問他：「你是怎麼飛起來的？我不會飛。」

「要掌握訣竅才飛得起來。你要拜我爲師嗎？」

「我才不要當你的徒弟。感覺很糟。」

樋口氏說：「哎，別這麼說。在羽貫她們來看我之前，我只能一個人躺著，無事可做。再說，你趁現在先把『樋口式飛行術』學起來，有事的時候就能派上用場。」

「有事的時候是什麼時候啊。」

「好了好了，別計較嘛。」

樋口氏如天狗般呵呵大笑，將我帶出酒吧。

樋口先生住在下鴨泉川町的一棟木造公寓裡。

那棟「下鴨幽水莊」委實古色古香，傾倒的屋頂上設置的冷氣室外機似乎隨時都會掉落。突出窗戶的晾衣竹竿上掛著衣物，如旗幟般飄揚，一排排玻璃窗被風吹得嘎嗟作響。要是相撲力士來突擊，整棟公寓大概會應聲而倒。

我和羽貫小姐來探病時是下午三點左右，但忽然間烏雲密布，天色暗得有如黃昏。颯颯強風吹襲之下，西邊緊臨的糺之森傳來令人發毛的沙沙聲。那陣風似乎是從幽黯的森林深處吹出來的。

上二樓時，強風吹得幽水莊地震般搖晃，我和羽貫小姐不由得牽起手來。走過昏暗而積滿灰塵的走廊，來到位在最深處的樋口先生的房間，房門前堆滿了廢棄物，連立足之地都沒有。

「髒死了！」羽貫小姐推開廢棄物說。

我和羽貫小姐一進房，就看到樋口先生裹著棉被，扁著嘴。「我做了一個奇怪的夢。」面向天花板喃喃說完之後，他又懊惱地叫道：「我竟然會感冒！」

我將千歲屋老闆給的南瓜放在樋口先生枕邊，用流理台上的電磁爐做蛋蜜酒。

羽貫小姐在他額頭上貼退燒用的冷敷片，一邊說：「原來樋口也會感冒嘛！」爲先前的事還以顏色。

樋口先生在床上坐起，我把蛋蜜酒遞給他。

「像樋口先生這樣的人，怎麼會感冒呢？」

「因爲我想去探望李白翁。」

樋口先生呼呼吹涼蛋蜜酒說。

「但是，一靠近李白翁的住處，感冒之神就毫不留情地攻擊我，以致目的沒有達成便鎩羽而歸。這可不是一般感冒。現在四處蔓延的感冒，是李白翁傳染給大家的。」

「李白先生人在哪裡呢？」

「糺之森深處，感冒病毒不斷大量地從那裡竄出來。」

「這麼說，不斷根是不行的。」羽貫小姐說。

「問題是，沒有藥對李白先生有效，就算有效，又有誰送得到？」

於是，我取出峨眉書房的男孩給我的小瓶子。樋口先生臉上驟然生輝，接過藥瓶，透著電燈燈光察看琥珀色的瓶子，吟唔幾聲。然後感歎道：「啊啊！」

「這正是空前絕後的靈藥『潤肺露』！我熱切盼望得到的極品，與超高性能的龜子鬃刷並稱雙璧。李白先生以前就是靠吃這種藥，才得以從西班牙流感中倖存。……這藥是從哪裡來的？」

「舊書店的男孩給的。」

「很好很好。」

樋口先生打開瓶蓋，拿免洗筷伸進瓶子，捲動一下，又把蓋子蓋緊還給我。只見他舔著潤肺露，一臉喜色。

「好吃，眞是好吃。」

「這能治好李白先生嗎？」

此時，巨大野獸般的黑色強風撞上幽水莊，玻璃窗發出彷彿隨時會碎裂的聲響。我們不由得縮起身子。

羽貫小姐站起來拉開窗簾，失聲驚呼。

往窗外一看，密密麻麻的屋頂之後，一根漆黑巨大的棒子擎天而立，而且從御蔭通那裡緩緩向賀茂川方向移動。那大柱輪廓模糊看不清楚，但招牌、枯葉、傳單、空罐等都被吹上天空，傳來東西破碎的巨大聲響。

「那不就是龍捲風嗎？」

羽貫小姐喃喃地說：「這輩子第一次看見，眞是賺到了！」

「那是李白翁的咳嗽病毒，裡面充滿了病菌，看來已經是末期了。」

樋口先生舔著潤肺露，看著我。

「李白翁快病死了，所以盤踞在他身上的感冒之神不斷衍生出手下，在城裡散播李白感冒。而試圖搭救李白翁的人也一一被感冒擊倒。再這樣袖手旁觀，京都會因感冒而毀滅。妳把這潤肺露送去給李白翁吧。」

我握緊潤肺露站起來。

「遵命。」

要與強大的李白感冒病毒對抗，必須做好周全的準備。

我到附近的澡堂去。只見在風中拍打的布簾旁，貼了一張寫著「今日柚湯」的告示。澡堂裡人影全無。大大的浴槽裡，圓圓的柚子包在網袋中載浮載沉。我泡在酸酸的香味籠罩的大浴槽裡，身體暖洋洋的。然後，我將意念集中在神明交付於我身上的任務，朝著天花板低聲喊道：「我來了！」

回到下鴨幽水莊，羽貫小姐因爲擔心我前途未卜，在背包裡裝了很多東西。她說爲了以防萬一，凡是能治感冒的全都帶去。蜂蜜生薑湯、蛋和酒、可口可樂和生薑、千歲屋老闆給的梅乾、煮好的南瓜、一個大柚子、蘋果、葛根湯，而最重要的那一小瓶潤肺露，我用布包起來綁在腰上。當時的我，可說是「會走路的感冒藥」。

在羽貫小姐與樋口先生目送下，我走向下鴨神社的參道。

天空烏雲低垂，陰暗有如颱風天，溫溫的風不時吹來。御蔭通似乎剛遭龍捲風襲擊，滿地垃圾和腳踏車殘骸，凌亂不堪。

我站在御蔭通上的下鴨神社入口，看著通往糺之森那條空蕩蕩的參道。這應該稱之爲「魔風」嗎？陰森的風從昏暗的深處吹來，颳起沙塵刺痛我的臉。蒼鬱的古木搖得厲害，森林裡響起駭人的風聲。我就像接受風之邀請，踏上空無一人的漫長參道，向北而行。

走在長長的參道上，我想起與李白先生初識的那個先斗町的夜晚，那個兩人快樂地喝著僞電氣白蘭的夜晚，想起當時打從肚子裡感覺到的幸福。人家說李白先生是個非常可怕的放高利貸者，但對我而言，他像祖父一樣慈祥。

參道左手邊，南北向的馬場曾經在夏天舉辦過舊書市集。

那邊有某種巨大的物體發出可怕的聲響正在移動。我逃往參道右側，緊緊抓住身旁的樹。沙塵與落葉齊飛，幾乎讓人睜不開眼睛，我抓住的大樹在暴風中劇烈搖晃。龍捲風在樹林的那一邊將馬場的泥沙往樹梢吸，不斷朝南方前進。風聲中頻頻傳來樹幹斷裂的聲響，簡直像糺之森在哀嚎。

我緊緊抓住樹幹，等龍捲風過去之後，擦擦沾滿泥沙的臉，瞇著眼，定睛往參道深處看。風再度轟轟吹起，碎成片片的萬國旗、七彩綵帶等從我身旁飛過。想必那是李白先生居住的三層電車的裝飾品。等我注意到這一點，才發現四周參道上、樹木的枝椏上，處處掛著這些飾品。

我繼續前進，在馬場北端，看到了橙色的燈光一明一滅。

黑暗的森林一角魔法般亮了起來，然後又暗下去。不久，我便找到李白先生停在樹林之後的三層電車了。即使從遠處看，也很清楚原本熱鬧繽紛的裝飾物已被撕成千萬碎片吹走，連影子都不留。車頂上的竹林也荒廢了，沒有一片車窗是完好的。

廢墟般的電車彷彿在呼吸，燈光明暗交替，正覺亮光刺眼得令人害怕時，猛烈的暴風從車裡激射而出，隨後電車又像氣力盡失般暗了下來，彷彿是躺在病床上的李白先生在痛苦地喘息。

「啊啊，李白先生！我現在就去看您！」

我背好背包，朝迎面而來的風前進。

我優雅地在先斗町上空飛翔。

天狗樋口氏的傳授含糊得不能再含糊。他進了經營舊書店的朋友家，擅自來到晾衣台，指著天空對我說：

「只要活得腳不踏實地，就能飛了。」

我心想眞是瞧不起人，一面在心裡描繪起「有一天在老家後山挖出石油，發大財變成億萬富翁，大學也不必念了，從此享樂一輩子」這等腳不踏實地的將來，沒想到身體轉眼變輕，從晾衣台上飄了起來。樋口氏在晾衣台上揮了一陣子的手，然後就不見了。

我輕盈地在木屋町與先斗町之間蓋得密密麻麻的屋頂間跳來跳去，只要小心不去碰到家家戶戶上密如漁網的電線，想去哪裡都不成問題。往鶴立雞群的住商混合大樓屋頂一踢，身體高高彈起，我緩緩扭動身軀，俯瞰眼底的夜景。夜晚的城市燈光閃爍，有如寶石；四条烏丸的商業區燈光、遠遠地像支蠟燭般發光的京都塔、祇園的紅光，以及三条木屋町以南那片鬧區密如網眼的燈光，熠熠生輝。

我在住商混合大樓的屋頂降落，坐在屋緣晃動雙腳。大大的月亮掛在天上，眼底南北狹長的先斗町發著光。

我就這麼發著呆，想著「她現在在哪裡做些什麼」，接著便看到一輛不可思議的車子燦然發光，靜靜地在眼底的先斗町前進。那輛車長得就像電車，車頂上有片小竹林和水池。是李白氏的三層電車。

我想起那奇異的先斗町之夜。

在漫長而空虛的夜遊尾聲，我在那輛電車車頂的古池旁傾聽她與東堂交談。東堂大吹法螺，說鯉魚被龍捲風吹走，試圖籠絡她。我爲了將純眞的她從這等卑劣男子手中救出來，從草叢中站起，沒想到卻被天上飛來的東西直擊腦門，就此倒地不起。現在回想起來，都教人慚愧。

接著我想到：「只要在車頂上等，不久她就會爲了與李白先生拚酒而現身才對。」

我從屋頂上翩然投身夜空，飛往三層電車的車頂。

凌空時，驀地在我心中來去的，是「萬一她眞的出現了怎麼辦」的念頭。我上次那番演說已讓腦裡的中央議會閉嘴。現在我只能閉上眼睛，往光榮的未來縱身一躍。三層電車接近眼底，看得見滿室明亮的車廂內部。燦然生輝的水晶燈隨著車廂的前進晃動。我看到李白氏舒適地坐在椅上的背影。「但是……」我邊尋找降落點邊尋思。萬一她皺起可愛的臉蛋，露出「嗚哇！這下三濫在胡說八道什麼！」的表情該怎麼辦？我的自尊能夠承受這屈辱嗎？屆時我將失去一切希望，一無所有。

現實的煩惱轉眼一湧而上，我再也飛不起來了。

承受不了現實的沉重，我墜落在車頂的古池裡。幽幽古池塘，老子躍入水中央，噗通一聲響。溺水的我視線一隅，瞥見鮮紅豔白的錦鯉翻騰飛躍。

暴風洗劫過後的一樓書房亂七八糟，一掃原本豪華絢爛的氣氛。書架和傾倒的書桌之間散落著破損的浮世繪和書籍，從螺旋階梯吹下來的狂風，蹂躪著這一切。

我手腳並用地爬上螺旋階梯，朝二樓的宴會廳走去。

李白先生鋪了棉被睡在宴會廳深處，身邊擺著以繩索串起的馬口鐵方形提燈，好像要把鋪蓋包圍起來。李白先生縮著身子，每一呻吟，那些提燈便大放光明。這就是我看到明滅燈光的源頭。

由提燈照亮的宴會廳亂到極點。老爺鐘倒下，把墊底的留聲機壓扁；青瓷壺和狸貓擺飾被敲得粉碎，散了一地；所有的窗子都不見了，原本掛在木板牆上裝飾的各式面具與織錦畫全都被颳跑了，破破爛爛的油畫卡在螺旋階梯口。李白先生獨自躺在這堆殘骸中央。我因爲太難過眼淚差點掉了出來，忙奔到鋪蓋旁，隔著棉被抱住他。

「李白先生！李白先生！」我喊道。

原本緊閉雙眼躺在被窩裡的李白先生，聽到我的聲音睜開了眼睛。他的臉色蒼白得嚇人，嘴唇無力顫抖，眼發異光。

「是妳啊。」李白先生呻吟出聲，「我要死了。」

「不會的，請放心。」

我理理李白先生雜亂的白髮，伸手按住他熱得發燙的額頭。

此時，提燈突然大放光明。李白先生痛苦得扭曲了身體，大咳了一聲。一手按在他額頭上的我，被捲起的暴風彈開，身不由己地退到螺旋階梯處。暴風平息後，提燈的光亮也消失，李白先生四周暗了下來。我抓著螺旋階梯的扶手喘著氣，不久提燈再度亮起來。

「李白先生，我帶藥來了。」我說。

「不用了，不必管我。」

李白先生以悲慟的聲音說：「不然連妳也會感冒的。」

「不會的，我不會感冒的。」

雖然幾度被吹走，我仍來回於宴會廳角落與李白先生之間，看護李白先生。我舉起以免洗筷捲起的潤肺露走近，李白先生懷念地瞇起眼睛，舔了在提燈照耀下明亮如琥珀的藥液。「就是這個！就是這個！」李白先生高興地如此低語。我從背包裡拿出冷敷用的貼布，貼在李白先生火燙的額頭上。趁李白先生咳嗽的空隙磨了蘋果泥，餵他吃下。

一時間耳裡只聽得到糺之森的騷動與李白先生的喘息聲，不過沒多久這段痛苦又漫長的時間總算過去了。

我掉進李白先生的古池裡，然而頭一探出水面，地點驟然轉變，所在之處成了一個腥臭的蓄水池。威猛的夕陽射出強光，好刺眼。前一刻明明還在夜晚的先斗町，我不禁蹙起眉頭。雖說是做夢，但場面的轉換快得令人發暈。耳邊隆隆作響，為何四周暴風狂吹？我泡著的池水也劇烈搖晃，可憐的錦鯉嘴巴猛開猛合。

我將下巴靠在蓄水池岸邊，吐出纏住舌頭的水草。

就在此時，我看到欄杆旁有個被年輕人拉住的中年男子，他甩開拚命制止他的年輕員工，一臉悲慟地朝這裡奔來。

他就是錦鯉中心的主人，東堂。

他沐浴在夕陽下，任憑暴風吹亂他為數不多的頭髮，向上天控訴般舉起雙手。

「住手——！」他喊。「把優子還給我！」「把次郎吉還給我！」他接二連三地喊出一連串的名字。

我泡在蓄水池裡欣賞東堂失心瘋的模樣。

最後他哭了出來，準備朝相反方向奔去，但驀地，他發現了泡在蓄水池裡的我。他露出驚愕的表情，嘴張得下巴都快脫臼了。只見他一面逃，一面向我猛揮手，瞪大著眼睛仰望天空，大叫：「快逃！快逃！」

我一回頭，只見直上天際的龍捲風黑壓壓地聳立在眼前。蓄水池的水與閃閃發光的鯉魚紛紛被吸上天空。

「想逃亦不可得！」

我坦然接受，閉上眼睛集中心神。

於是我跟在鯉魚身後，昂然飛向浩瀚穹蒼。

不知不覺間，李白先生劇烈的咳嗽緩和下來了。

被風吹得東倒西歪的我實在也累了，便打起盹來。

不知睡了多久，待我醒來，我肩上披著柔軟的毛毯。倒在地上的大型老爺鐘滴答滴答地刻畫著時間，指著五點。一抬頭，看到李白先生在被破壞得一團亂的架子之間尋找沒破的僞電氣白蘭酒瓶。看我醒來，便說：「謝謝妳。要是妳沒來，我恐怕已經沒命了。」然後，他在缺了角的青瓷盤上燒起油畫畫框，爲我溫熱倒進鍋裡的僞電氣白蘭。

「來，把這個喝下，暖暖身子。」

我在鑽進被窩的李白先生身旁裹著毛毯，喝了滴了柚子汁的僞電氣白蘭。肚子裡變得暖洋洋的，精神也回來了。四周的情景也一點一點鮮明了起來。李白先生從被窩裡探出頭來，望著我。

「人一感冒就會變得軟弱，眞是傷腦筋。」

「那是因爲您發了高燒。」

「在寂寞的冬夜裡，孤伶伶地臥病在床，心中著實不安。因爲我已經沒有任何親人了……。我是個孤單老人。發燒燒得睡不著的晚上，一醒來就變得跟小孩子一樣，會想起遙遠的過往時光。在床上獨自醒來，喊著要娘。可是，現在我身邊已經沒有任何人了……」

「有我呀。」

我悄聲說完，突然想起學長。學長也是獨自躺在被窩裡嗎？孤伶伶度過這一年當中最漫長的夜晚嗎？

「一感冒，就覺得夜晚很長。」

「今天是冬至呀，是一年當中夜晚最長的日子。」

「可是，就算再怎麼漫長的夜晚，黎明也一定會來。」

「那當然了。」

李白先生看看我，莞爾一笑。

他動了動嘴巴，我便把耳朵湊到他嘴邊。

「春宵苦短，少女前進吧。」

李白先生說。

我望著他一笑，擺在被窩四周的提燈一齊發出異光。李白先生忽然大吸一口氣，揮手示意我走開。因爲事出突然，我只來得及後退幾步。

李白先生這一咳嗽，颳起我從未經歷過的強風。

後來在康復慶祝會上，李白先生告訴我，這時候他才總算把盤踞體內的感冒之神趕出去。化爲暴風的感冒之神從李白先生嘴裡飛出來，在宴會廳內大鬧一場後，飛到窗外形成巨大的龍捲風，四處捲動，擾亂了夜色，撼動了糺之森。在黑鴉鴉的龍捲風中閃閃發亮的，是本來圍在李白先生被窩旁的提燈。以繩索串連的提燈宛如電車，發著光在空中飛舞。如果能從外面仰望，那景象一定非常壯觀。可惜我看不到。

因爲，我人就跟著那龍捲風一起轉動。

轉啊轉的，已經分不清什麼是什麼了。

感冒之神離開李白先生固然教人高興，但祂卻順手將我帶上了天空。

從蓄水池裡被龍捲風吸上天的我仍繼續上升。

那種感覺簡直像坐上一座螺旋形的溜滑梯，而我要倒著滑向天際，以驚人的速度不斷向上攀升。我任由龍捲風將我吸上去，現在應該已經來到相當高的地方了，但四周暗得伸手不見五指實在無趣，我很快就膩了。

「我會升多高？」

抬頭一看，我看到漆黑中，有一串閃閃發亮的橙色光點流動著。原來是以繩索連成一串、活像電車的提燈。大概是從哪裡被吸進來的吧。我心想，龍捲風撿到了漂亮的東西呢。然而凝神細看後，發現那串提燈電車車尾竟掛著一名小個子的女生，只見她緊抓住提燈，眼睛是閉上的。我才想，這也是一個漂亮的東西呢，便發現竟然是她。

當時，我腦袋裡浮現的，只有「奇遇」這個詞。

「反正還不是做夢」——這樣潑冷水不識趣的人，去被狗咬吧！是夢還是現實，這不是問題的根本所在。的確，我的才能百寶箱幾乎見底，但我卻一直把自己僅存的最大才能給忘了——將幻想與現實攪和在一起的才能！

我想，如果能拯救她於如此危急的情況，定能開闢人生光榮的新天地。一定是的。我的幻想一起頭便完全不知道要剎車，與她第一次幽會乃至於得到諾貝爾獎等未來人生的諸般高潮如走馬燈般流轉，對將來種種腳不踏實地的輝煌幻想，塡滿了我深深的腦內峽谷。我的身體有如充了氦氣般輕盈。

我使出樋口式飛行術，像隻虎頭海雕般遨翔。

我拉住那串提燈的一端，她將眼睛微睜一線。

在轟轟巨響與暴風之中，我們無法交談。

她微微一笑，以不成聲的聲音說「眞是奇遇」；而我也以不成聲的聲音回答「只是碰巧路過而已」。

我雙手並用攀爬在提燈串，向她伸出手。

她握住我的手。

我拉住她的手一翻身，設法逃脫咆哮的龍捲風手掌心。我撥開旋轉的大氣激流，躲進烏雲之中，突然間，囚禁著我們的黑暗裂開，視野爲之一亮。我們從狂吹亂掃的暴風中解放，回過神來時，已在清澈的天空中滑翔。

我們緊緊握住彼此的手，眼裡所看到的，是腳下一整片京都的街景。

圍繞市街的群山泛起淡淡的山嵐。

舉行過學園祭的大學、舉辦過舊書市集的糺之森、我們走了一整晚的先斗町，以及商業區、鴨川、神社廟宇、御所森林、吉田山、大文字山，以及由命運的線所繫起的、居住了無數人的公寓大樓和民宅屋頂——一切都沉浸在藍色的朝靄之中，靜候黎明。我們在冷得要命的空氣中差點凍僵，以天亮前的街道爲目標準備降落。

忽然她湊近我的臉，叫道：「南無南無！」

她晶亮的眼眸投向的，是大文字山後方、如意嶽方向鮮明的朝陽。陽光將她雪白的臉頰映得好美。

我們看見新的早晨如倒骨牌般，在沉浸在藍色朝靄中的街頭迅速展開。

在萬年鋪蓋裡醒來的我俯臥著，活動我迷迷糊糊的腦袋。

於京都市上空數百公尺處嘗到的幸福之感，如退潮般離我而去。

再度被推回現實的我，忍不住將嘴埋在枕頭裡「嗚嗚嗚」呻吟著——那個夢是那麼地鮮明，而握住她的手的觸感又是如此眞實。不過，這觸感會不會太「眞實」

了一點？

我轉頭看向一旁，發現她正端坐著握住我的手。從窗戶射進來的白色晨光，照亮了她的黑髮。她美麗的眼睛有些溼潤，定定地凝視著我——彷彿在說她很擔心我。

「您還好嗎？」她說。

此時，我想起來了。我打從心底愛上她，是在先斗町走了一整晚之後的那個黎明，是我在古池邊倒下，想啐上天一口時，她凝視我的那一瞬間。回想起那以來的半年，這一路走得眞遠。

我被性欲打敗、我無法與世界風潮抗衡、我忍受不了一個人的寂寞——種種思緒在我心中來去，但終究虛幻地消失，唯有她濡溼發光的眼眸，她的輕聲細語，和美麗的臉頰在我心中停駐。

「學長怎麼會在那裡？」

「……只是碰巧經過而已。不過，妳怎麼會在這裡？」

「不就是學長把我帶來的嗎？」

是這樣嗎？

我只是一直在萬年鋪蓋上做著顚三倒四的夢——

「好漂亮的著陸。」

她伸出手，將手心放在我的額頭上。我的燒還沒退，她冰冷的手心冰涼了我的額頭。大家都說，手冷的人心暖。

她讓我看一個不倒翁形狀的小瓶子，用在流理台找到的免洗筷捲起瓶裡麥芽糖似的液體。我按照她的話，舔了這美味的麥芽糖。她微笑地凝視著我，將她與李白先生度過的漫長之夜說給我聽。

「等李白先生的感冒好了，我們兩個一起去爲他慶祝吧。」

這句話突然從我嘴裡迸出來。如果不是因爲高燒未退，就是因爲這芬芳的麥芽糖讓我腦袋充血，差點流鼻血的緣故吧。

「一起嗎？」

「一起。」

我加上一句：「順便告訴妳好玩的舊書店趣事。」

她呵呵笑了，點頭說：「我們一起去。」然後又發了半晌的呆。由於她發呆得太厲害了，我心想要是有「世界發呆錦標賽」，她一定可以當選日本國手。

她說她覺得身體有點熱熱的，然後又笑了。

「也許是我感冒了。」

她第二天便返鄉去了，但拜她讓我服用的感冒藥潤肺露之賜，我總算得以逃離感冒之神的魔掌。當我在萬年鋪蓋裡養精蓄銳時，聖誕節過去，忙忙碌碌的年底來臨。

據說這段期間，惡毒感冒的大流行終於邁向終點。

早一步康復的學園祭事務局長在返鄉前來看我。

獨自病倒的我一無所知，這才曉得原來內褲大頭目、詭辯社的人等，凡是相關人士無一倖免，都得了感冒。聽我說「全是被你傳染的吧」，事務局長便答「有福同享，有難同當啊」。我提起和她約好兩人一起出去，事務局長以「幹得好」稱讚我的努力，但是又留下一句「不過接下來才辛苦，和女人交往啊……」這種討人厭的話才離去。

我回家了。

過完年回到京都，宿舍信箱有一份小小的邀請函，目的是邀請眾人慶祝李白先生康復，召集人是樋口氏。據說費用一概由李白先生負擔，免費招待所有來賓，美味食物隨意吃，僞電氣白蘭隨意喝。

我握著電話聽筒一整天，最後終於鼓起勇氣打電話給她。

當天，我離開宿舍，目的地是位於今出川通的咖啡店「進進堂」。

李白先生的康復慶祝會是下午六點在糺之森舉行，我和她約好下午四點喝咖啡。爲了不遲到，我必須在下午兩點離開宿舍。因此，我必須在早上七點起床。因爲衣服洗好晾乾要幾個小時，淋浴吹頭髮要一個小時，刷牙要五分鐘，整理頭髮要半小時，然後預演與她的對話要數小時，忙得要命。

我沿著疏水道走去，才一開年，就有熱血的運動社團大聲在操場上練跑。儘管是熟悉的情景，但看著街道在彷彿脫色過的泛白冬陽照耀下，總覺得氣氛很清新，很有剛過完年的感覺。

只不過，我的腳步很沉重。胃很沉，像是灌過鉛似的。考慮到萬一她沒來的情況，便心情沉重，考慮到她萬一來了的情況，心情更加沉重。我抽著菸，繞著不必要的遠路。

我不知道該如何應對才好，世上的男女單獨碰面時都談些什麼？總不會是一直大眼瞪小眼吧。話雖如此，應該也不是高談闊談人生或愛情。莫非，這當中有著我所無法應付的纖細奧妙的機關？要說些有格調的笑話逗她笑，卻又不能淪爲長舌男，同時要以堅毅的態度迷倒她——這分明是不可能的任務。我不是個明朗愉快又機智風趣的人。直接去見她，很可能只是說些沒營養的話，不斷地喝著咖啡而已。這種事有何樂趣可言？就算我光是看著她便開心不已，但這樣她會開心嗎？若像個惡鬼無故占據她寶貴的人生時光，會對不起她，實在對不起她。也許還是乖乖留下來填平護城河才輕鬆愉快。啊啊，這下糟了，我懷念起填護城河的時光了。眞想回到那段光榮的時光。

我在疏水道旁的長椅坐下，望著葉子掉光的行道樹。

心想，她現在正在準備出門嗎？

那天，說來丟臉，我興奮極了，早上六點便起床了。

學長打電話來約我，說參加李白先生的康復慶祝會之前，邀我到咖啡店喝咖啡。這莫非就是世人所說的「約會」？一定是的。而這是我初次受邀。這可是一件大事。

就在我想東想西、打掃做家事之間，時間不知不覺地過去。

我一邊準備出門，一邊想要和學長說什麼。

我有好多事想問學長——學長在那個春天的先斗町度過了什麼樣的夜晚？在夏天的舊書市集吃的火鍋又是什麼味道？而秋天的學園祭裡，爲了演出乖僻王冒了什麼樣的險？在我不知道的時候，學長都是怎麼度過的？我想知道得不得了。

我興致高昂地走出公寓，冰冷而清爽的陽光照亮了四周。李白感冒也已經收斂行跡，十二月時冷清的街道再次熱鬧了起來。

我不由得感到開心，朝咖啡店「進進堂」走去。

我終於硬著頭皮，走向咖啡店「進進堂」。

不用說，既然是我主動邀約，當然不能在這個節骨眼上逃走。

我打開厚重的店門，走進昏暗的店內，這時是下午三點，還有一個小時的時間。我幾乎快喘不過氣來，坐在窗邊的位置，喝著咖啡，一心思忖著該說些什麼。絞盡腦汁之後，我想到一個好主意。

我有很多事想問她——她在那個春天的先斗町度過了什麼樣的夜晚？還有，在夏天的舊書市集裡看了什麼樣的書？而在秋天的學園祭裡，又怎麼會擔起那場大戲的主角？

若她肯談這些，我也能聊聊我的回憶。

我的心情輕鬆了幾分，隔著玻璃望著今出川通。耀眼的午後陽光灑落，照得四周閃閃發光。我呆呆出神。

不久聽到開門聲，才發現她已經到了。

我向她點頭。

她也深深一點頭。

在這值得記念的一刻，我不再填平護城河，轉而向更困難的課題挑戰。讀者諸賢，還請見諒。期待他日再相逢。

再會了，填平護城河的日子——

最後，我要送各位一句話。

盡人事，聽天命。

我走在今出川通上，想著行道樹重拾綠意的那一天。

當春天來臨，我將成爲大二學生。這一年是多麼不可思議、多麼有趣呀！我對即將來臨的二年級充滿了期待。這一切，都多虧了學長，以及這一年來遇見的許多人。我心中滿懷感謝。

然後，我來到了咖啡店「進進堂」。

我緊張地推開了咖啡店的玻璃門，彷彿另一個世界般溫暖柔和的空氣將我包圍。昏暗的店內，充斥著人們隔著黑亮長桌交談的聲音、湯匙攪動咖啡的聲響、書頁翻動的聲響。

學長坐在面今出川通的位子上。

窗戶照進來的冬陽，看來宛如春天般溫暖。學長在那暖暖的陽光中，一手支頤，像隻午睡到一半的貓咪呆呆出神。看到他那個樣子，我驀地覺得心底溫暖起來。那種心情，就像把一隻比空氣還輕的小貓咪放在肚子上，在草原上翻滾。

學長注意到我，笑著點了點頭。

我也向學長點頭。

於是我向學長走去，一面悄聲呢喃。

相逢自是有緣。

國家圖書館出版品預行編目資料

春宵苦短，少女前進吧！/ 森見登美彥著；劉姿君譯. -- 二版. -- 臺北市：麥田出版：英屬蓋曼群島商家庭傳媒股份有限公司城邦分公司發行, 2024.03
面； 公分
譯自：夜は短し歩けよ乙女
ISBN 978-626-310-607-9（平裝）

861.57 112020897

夜は短し歩けよ乙女

Cover illustration by Yusuke Nakamura

城邦讀書花園
www.cite.com.tw

ISBN 978-626-310-607-9
Printed in Taiwan.
本書若有缺頁、破損、裝訂錯誤，請寄回更換。

日本暢銷小說 106

春宵苦短，少女前進吧！

作者｜森見登美彥
譯者｜劉姿君
封面設計｜莊謹銘
責任編輯｜丁 寧

國際版權｜吳玲緯 楊 靜
行銷｜闕志勳 吳宇軒 余一霞
業務｜李再星 陳美燕 李振東
總編輯｜巫維珍
編輯總監｜劉麗真
發行人｜謝至平
出版｜麥田出版
地址：台北市南港區昆陽街18號4樓
電話：(02) 2500-7696
傳真：(02) 2500-1967
發行｜英屬蓋曼群島商家庭傳媒股份有限公司城邦分公司
地址：台北市南港區昆陽街18號4樓
網址：http://www.cite.com.tw
客服專線：(02) 2500-7718｜2500-7719
24小時傳真專線：(02) 2500-1990｜2500-1991
服務時間：週一至週五09:30-12:00｜13:30-17:00
劃撥帳號：19863813 戶名：書虫股份有限公司
讀者服務信箱：service@readingclub.com.tw
香港發行所｜城邦（香港）出版集團有限公司
地址：香港九龍九龍城土瓜灣道86號順聯工業大廈6樓A室
電話：+852-2508-6231
傳真：+852-2578-9337
E-mail：hkcite@biznetvigator.com
馬新發行所｜城邦（馬新）出版集團
【Cite (M) Sdn. Bhd. (458372U)】
地址：41-3, Jalan Radin Anum, Bandar Baru Sri Petaling, 57000 Kuala Lumpur, Malaysia.
電話：(603) 90563833
傳真：(603) 90576622
電郵：services@cite.com.my

印刷｜前進彩藝有限公司
二版一刷｜2024年3月
定價｜360元
ISBN 978-626-310-607-9